L'ITALIENNE QUI NE VOULAIT PAS FÊTER NOËL

DANS LA MÊME COLLECTION

Sandrine Soimaud, *Tu*, 2011.
Cyrille Martinez, *Deux Jeunes Artistes au chômage*, 2011.
Laurence Werner David, *Le Roman de Thomas Lilienstein*, 2011.
Martin Belskis, *Dans le square*, 2012.
Jean-Bernard Véron, *Idiane*, 2012.
Aurélia Bonnal, *The Queen is Dead*, 2012.
Laurence Werner David, *À la surface de l'été*, 2013.
Marc Molk, *La Disparition du monde réel*, 2013.
Anne Luthaud, *Les Épinards crus*, 2013.
Nicolas Clément, *Sauf les fleurs*, 2013.
Gaëlle Héaulme, *Les Petits Contretemps*, 2013.
Cathie Barreau, *Comment fait-on l'amour pendant la guerre ?*, 2014.
Cyrille Martinez, *Musique rapide et lente*, 2014.
Isabelle Zribi, *Quand je meurs, achète-toi un régime de bananes*, 2014.
Marie-Aimée Lebreton, *Cent sept ans*, 2014.
Antoinette Rychner, *Le Prix*, 2015.
Ingrid Thobois, *Le Plancher de Jeannot*, 2015.
Sylvie Weil, *Selfies*, 2015.
Pierre Deram, *Djibouti*, 2015.
Colombe Boncenne, *Comme neige*, 2016.
Jérémie Lefebvre, *Avril*, 2016.
Cédric Duroux, *Les Animaux sentimentaux*, 2016.

(*Suite en fin d'ouvrage*)

Jérémie Lefebvre

L'ITALIENNE QUI NE VOULAIT PAS FÊTER NOËL

QUI VIVE

BUCHET • CHASTEL

ISBN : 978-2-283-03326-5
ISSN : 2110-0713

I

Les histoires horribles commencent toujours dans la perfection. Et cette perfection, si on l'examine avec un peu d'attention, on découvre qu'elle consiste en quelque chose de très simple : la capacité à se contenter de peu. J'ai remarqué ça en regardant des films américains. D'abord, on survole une rue de banlieue fleurie, on voit défiler les jardins fraîchement tondus où des mamans distribuent des cookies à leurs bambins pleins de vie tandis que des papas taillent les haies en sifflotant, ensuite on s'approche de l'une des maisons, on entre par la fenêtre et on assiste à une scène pittoresque où la chaleur humaine, la douce banalité quotidienne et la parfaite cuisson des muffins permettent aux protagonistes de ne jamais penser à la manière dont sont fabriqués les nuggets de poulet, ni à la facilité avec laquelle leurs enfants de huit ans peuvent se procurer un fusil à pompe à l'épicerie du coin. Et on en a la confirmation chaque jour, en regardant nos publicités où ce ne sont que grandes tablées d'amis sous le soleil de Toscane, tous follement heureux grâce à une huile d'olive enrichie en oméga-3 dont les bienfaits font aisément oublier le niveau de corruption des élus, l'enterrement des déchets toxiques sous les champs de tomates et le chiffre d'affaires de la littérature comparé à celui des écrans plasma. La capacité à se contenter de peu est une clé du bonheur. Ce qui ne veut pas dire qu'il est impossible d'être heureux quand on a beaucoup. Ni qu'on est forcément content quand on a peu. Ni que les oméga-3 n'y soient pour rien. Simplement, il me semble difficile d'être heureux avec peu si on n'en prend pas d'abord la décision – à moins d'être cette créature que je vois se lustrer le poil sur le rebord de ma fenêtre avec une nonchalance et une tranquillité proprement scandaleuses.

Mon chat s'appelle Souris. C'est une idée que j'ai eue pour lui rappeler que, contrairement à ce qu'il a l'air de croire dur comme fer, sa puissance est limitée, son espérance de vie médiocre et son niveau d'autonomie proche de zéro. Par ailleurs, il m'offre chaque jour l'édifiant spectacle de sa capacité à ne rien demander de plus à la vie qu'un bol de croquettes à prix discount et cette place sur le rebord de ma fenêtre. Souris ferait très bien sur le canapé d'un living américain. Il ne déparerait pas non plus dans un spot célébrant la *dolce vita* nationale. Je l'imagine se faufilant au ralenti sur la table, entre les verres de Montepulciano et les planches de jambon cru, tandis que les hommes – ces grands enfants – se donneraient de sympathiques bourrades dans le dos et que les femmes – ces petites coquines – se feraient des confidences en leur jetant des coups d'œil à la dérobée. Mais pour l'heure, il a l'air satisfait de son sort et ne semble pas souffrir du manque de médiatisation. Dans les histoires horribles, ça commence comme ça : les personnages sont satisfaits de leur sort et se fichent éperdument d'être ignorés du monde entier, qu'ils ignorent eux-mêmes complètement. Et on les comprend. Pourquoi s'encombrer l'esprit avec la souffrance animale et le deuxième amendement, quand on peut se concentrer sur la cuisson des muffins ? Pourquoi se ronger les sangs pour le destin de l'Italie quand il est si simple de faire la fête entre amis en laissant les tomates grossir avec du mercure à l'intérieur, et les enfants se noyer en Méditerranée, et les jeunes diplômés s'enfuir, et Biagio Antonacci chanter ?

Pourquoi ai-je rencontré Serguei Ivanovitch ?

Serguei Ivanovitch est français. Qu'on ne me demande pas pourquoi il s'appelle Serguei Ivanovitch alors que depuis cinq générations, les Dumollard fournissent en vin blanc la moitié de l'Alsace et que tout le monde dans la famille s'appelle Marie, Philippe ou Bernard. Je ne sais pas. En plus, son père s'appelle Jean-Michel, Jean-Mich' pour les intimes. Serguei Jean-Michovitch, au moins ç'aurait été logique. Bref, j'ai rencontré Serguei à Paris, où je suis en train de poursuivre mes études, et on est tout de suite devenus amis. Enfin, on est d'abord devenus amants. On est devenus amants et, le lendemain matin, il m'a dit que je lui plaisais beaucoup, et aussi que je faisais très bien l'amour. J'ai tiqué. Je ne sais pas pourquoi, ça me donnait l'impression qu'on s'était livrés toute la nuit à une activité comme le repassage des poignets de chemises ou la pose du carrelage, quelque chose dont on peut dire à quelqu'un qu'il ou elle le fait « bien » ; mais je n'ai rien dit, j'ai attendu la suite, c'est-à-dire le « mais ». Et le « mais », c'était que même s'il avait adoré passer la nuit avec moi, en réalité Serguei Jean-Michovitch n'était pas hétérosexuel, qu'il avait un compagnon depuis dix ans, que celui-ci était en congrès pour le week-end mais que leur relation était tout ce qu'il y avait de plus solide, la preuve : après s'être acheté un appartement sur la Côte d'Azur où je serais la bienvenue pour un petit week-end quand je voudrais, ils s'étaient rendu compte qu'ils commençaient à s'ennuyer ensemble et venaient de se lancer dans une thérapie de couple. Je n'avais pas encore eu le temps de tomber amoureuse. Juste d'éprouver un certain nombre de sensations physiques suffisamment concluantes pour, une fois éclairée par ces révélations, être à même d'affirmer – au cas où un peu de complexité intéresserait quelqu'un – que la bisexualité existe. Mais là non plus, je n'ai rien dit, je ne voulais pas le perturber davantage. On est donc devenus amis. Ensuite, j'ai fait connaissance avec son compagnon Mathieu, ainsi qu'avec leur berger allemand dépressif et incontinent qui porte le même nom que sa chancelière.

Je l'avoue, je n'ai rien vu venir. Un professeur de la Sorbonne délicieux au lit, qui m'honore d'un coming out au réveil, me refait l'amour comme un prince aussitôt après en précisant que cette fois c'est la dernière – *hein, Francesca, pas de blagues !* –, m'invite au soleil quand je veux, me présente ensuite son fiancé bordelais avec qui il organise des tours de corvée pour le ramassage des crottes d'Angela Merkel, je ne me suis pas méfiée. Les histoires horribles, ça se met en place comme ça. Dans une perfection d'autant plus parfaite qu'elle n'a pas l'*air* parfaite ; une perfection de troisième génération, 2.0 si vous préférez. Une perfection qui inclut des éléments d'imperfection, un peu comme le capitalisme inclut des éléments de justice sociale ; ainsi, elle devient indétectable, elle se croit invincible, et l'histoire horrible peut vraiment commencer.

Ce chat ne sert à rien. Il est ornemental dans la plus pure acception du terme : son existence est dépourvue de la moindre mission, du moindre enjeu. Je le regarde qui regarde par la fenêtre, et je me dis que le bonheur s'évanouit dès qu'on essaie de le raconter : on ne savait pas à quel point il était fragile, on n'aurait jamais cru qu'une phrase pouvait suffire à le faire voler en éclats, et quand on s'en aperçoit, il est trop tard ; il ne reste plus qu'à contempler les débris, mille petits morceaux de bonheur qui s'envolent et s'éparpillent comme font les flocons de neige, aujourd'hui, sur les toits de Paris.

Je ne rentrerai plus en Italie.

II

Il faisait encore doux quand Serguei et Mathieu ont accepté, après beaucoup d'insistance de ma part, de traverser la Seine pour venir dîner dans ma chambre de bonne du XXe arrondissement. J'habite au sixième étage d'un immeuble qui borde une voie ferrée abandonnée depuis trente ans, où les jeunes du quartier s'introduisent le soir pour taguer les murs et fumer des pétards, et qui s'appelle la « Petite Ceinture ». La fenêtre de ma chambrette surplombe ce lieu bucolique et improbable où l'on peut trouver, au milieu des cailloux, entre deux touffes d'orties et de fleurs sauvages, un four à micro-ondes ou un fauteuil de dentiste à moitié défoncé. C'est un peu la banlieue de Palerme en plein Paris – autant dire que pour un couple de petits-bourgeois de la rive gauche l'expédition était des plus audacieuses, et le dépaysement total. De mon côté, j'avais mis les petits plats dans les grands, bien décidée à montrer à ces messieurs qu'en Sicile, on sait aussi faire autre chose que des processions à sainte Rosalie.

D'abord, un double antipasto avec des arancine et une caponata d'aubergines et poivrons, à laquelle j'ajoute un peu d'amande hachée en fin de cuisson – il y a deux écoles : certains préfèrent les pignons, moi je trouve que l'amande ça donne un petit goût de gâteau assez génial ; le tout arrosé de Prosecco glacé. Ensuite, comme « primo », les indétrônables pâtes au four, comme « secondo » l'espadon à la messinaise – merci maman pour l'astuce de mettre un filet d'huile sur le poisson et pas au fond du plat, c'est meilleur et plus léger –, et pour le dessert des cannoli, bien entendu, grande fierté insulaire, que je n'ai pas faits mais qui m'ont donné plus de mal que tout le reste, imaginez : courir tous les magasins de gastronomie de Paris à la recherche de cannoli dignes de ce nom, trouver la pâtisserie ultra-spécialisée, voir le prix dans la vitrine, me sentir très mal, envisager de lancer un crowdfunding pour réunir les fonds, sortir quand même ma carte bleue, rentrer chez moi en me traitant de tous les noms et mettre la boîte au frigo en tremblant de peur à l'idée qu'ils ne soient plus frais parce que j'avais oublié d'emporter un sac isotherme. Tout cela pour m'entendre dire le lendemain que c'était « pas mal, mais quand même vachement sucré ».

Je suis restée digne. J'ai gardé le sourire et pris l'air légèrement étonné, de sorte qu'ils n'ont pas du tout remarqué les abîmes de mépris dans lesquels cette réaction venait de me précipiter. Du reste, il aurait été malvenu de manifester la moindre susceptibilité : on était en pleine conversation sur les identités culturelles et la question des « racines », et il se trouve que l'idée selon laquelle le sentiment d'appartenance n'est rien d'autre qu'une fiction extrêmement dangereuse qui ne mène qu'à l'obscurantisme et fait chaque année des millions de morts sur cette planète, c'était moi qui la défendais.

De son côté, Mathieu estimait que les racines étaient nécessaires, que pour respecter l'autre il fallait se respecter soi et que ça impliquait d'aimer qui on était, donc d'aimer d'où on venait. Quant à Serguei Jean-Michovitch, il reprochait à son fiancé d'être de droite et de ne pas l'assumer, et affirmait de son côté que le sentiment d'appartenance était dangereux lorsqu'il y manquait l'appareil critique, mais qu'il était nécessaire d'entretenir un lien conscient avec son héritage culturel et politique, que c'était des outils pour se structurer ensuite comme des adultes et des citoyens responsables, etc. Je passais pour la radicale de la discussion. La post-ado, un peu. Et ça m'était assez égal, parce que j'étais sûre de mon idée, que j'ai donc continué à développer, tout en mangeant les cannoli toute seule au risque de me retrouver avec un cul énorme ; à savoir qu'à mon humble avis, le seul sentiment d'appartenance acceptable était celui qui reliait à l'espèce humaine en général, éventuellement au cosmos, mais qu'en aucun cas on n'appartient à un pays, à une région, à une ville, encore moins à une histoire.

– Si j'avais dû, très cher Serguei, appartenir à une histoire, il eût fallu que j'appartinsse, pour commencer – et vous noterez au passage l'aisance tout italienne avec laquelle je manie la concordance des temps –, que j'appartinsse à la fois au paganisme, à l'islam et au catholicisme qui ont successivement dominé la Sicile, puis au garibaldisme en même temps qu'à la lutte farouche contre l'unification de l'Italie ; j'aurais également appartenu aux cultures respectives des envahisseurs espagnols, arabes, normands, vandales, carthaginois, grecs, phéniciens et sicules, jusqu'aux véritables autochtones, ou tenus pour tels, à savoir les Sicanes de la préhistoire. Et tout cela, pour s'en tenir à la Sicile. Parce que sinon, des Florentins s'étant régulièrement installés à Palerme, certains de mes ancêtres ont très bien pu tremper dans la conjuration des Pazzi ; devrais-je pour autant aller chaque année fleurir la tombe de Julien de Médicis ? Sans oublier mon amie d'enfance Heidi Pittaresi, qui compte parmi ses aïeux un arrière-grand-père prof de dessin anatomique en Autriche, ce qui ouvre un nouveau champ d'appartenance que je vous conseillerais de ne pas négliger, car là, ce qui est en jeu en termes d'héritage culturel sicilien, c'est le double recalage d'Adolf Hitler au concours d'entrée à l'Académie des beaux-arts de Vienne, avec les conséquences que l'on sait.

Je leur ai ensuite rappelé que l'appartenance à une histoire, ça voulait dire que l'histoire vous possédait, et que j'espérais qu'ils sentaient toute la stupidité et la dangerosité d'une idée pareille ; peut-être pas Mathieu, qui était statisticien et n'entendait rien aux questions théoriques, mais Serguei Jean-Michovitch, qui enseignait l'épistémologie de l'histoire à la Sorbonne, ne pouvait pas sérieusement considérer la notion d'appartenance autrement que dans sa dimension d'élément du récit collectif, et non comme vérité. Quant à l'héritage, même Mathieu avec son petit esprit comptable pouvait comprendre qu'un héritage, par définition, ça peut se refuser.

Mes amis semblaient au bord de l'admiration. Il est vrai qu'au bout de deux mois à l'université Paris-Sorbonne je maîtrisais parfaitement la rhétorique et les effets de langage du mépris élitiste, auquel j'avais déjà été bien entraînée à l'École normale supérieure de Pise, et que j'étais en passe de devenir une vraie connasse.

– C'est l'histoire qui nous appartient, et aussi les pays, et les régions, et les villes, pas le contraire, ai-je conclu. Nous n'appartenons qu'à nous-mêmes, ai-je re-conclu.

J'étais lancée. Bien décidée à leur tenir la dragée haute. Pour un peu, je me serais flanqué une charlotte sur la tête, j'aurais enfoncé les leurs sur des piques, et je serais allée défiler comme ça sur la Petite Ceinture. Je n'avais aucune idée de ce qui m'attendait. Dans les histoires horribles, personne n'a la moindre idée de ce qui l'attend. Ça doit être ça qu'on appelle le bonheur.

Il faisait bon, ce soir-là. On était dans les premiers jours de décembre et, après deux semaines de pluie glaciale, il s'était remis à faire beau comme au printemps. Assis sur mon lit, Mathieu tirait sur sa cigarette électronique, pendant que Serguei en fumait une vraie accoudé à la fenêtre, exactement là où se trouve Souris aujourd'hui. Comme ce chat, il me tournait le dos et regardait le ciel. Quand j'ai eu fini, il est resté un moment silencieux, de ce genre de silence très particulier qui ne se rencontre que chez les universitaires lorsqu'ils se trouvent légèrement mis en difficulté, et qui n'a rien à voir avec l'embarras ; qui témoigne plutôt de la nécessité de sonder l'immensité de ses propres archives intérieures avant de se résoudre, la mort dans l'âme, à ce qui n'est jamais que l'odieuse trahison de la complexité d'une pensée : parler. Il a finalement lancé son mégot sur la voie ferrée, puis s'est retourné en souriant, et m'a dit :

– Francesca, tu es sûre que tu n'oublies rien ?

Je n'allais pas me laisser déstabiliser comme ça. Au jeu du silence abyssal je sais jouer, moi aussi. Je me contentai donc de lui rendre son sourire et d'attendre la suite.

– Qu'est-ce qu'elle oublie ? demanda Mathieu, à présent dissimulé sous un nuage de vapeur d'où émergeaient seulement ses pieds.

Sans me quitter des yeux, Serguei leva un sourcil et lui répondit :

– La famille, chéri. C'est difficile à croire, mais l'Italienne que tu as devant les yeux est en train d'oublier qu'elle appartient à sa famille.

III

J'ai éclaté de rire. J'étais réellement persuadée que Serguei Jean-Michovitch plaisantait, d'autant que, quelques jours plus tôt, à la cafétéria de la fac, nous nous étions joyeusement battus à coups de clichés nationaux qui m'avaient permis de lui rappeler qu'il était intolérant, prétentieux, atrabilaire, n'en foutait pas une et ne se lavait jamais, et de m'entendre dire que j'étais une fraudeuse colérique, fataliste, superstitieuse et obsédée par son apparence physique, sans oublier l'allusion très subtile à Cosa Nostra qui « structurellement *ne pourrait tout simplement pas* exister en France » (je crois que les Italiens en exil ou en voyage entendront ça encore très très très longtemps, alors s'il vous plaît, honorables personnes de la police et de la justice péninsulaires qui n'êtes pas encore pourries jusqu'au trognon, essayez, à vos heures perdues, quand vous n'avez rien d'autre à foutre, que tous vos crayons sont taillés et vos comptes Instagram mis à jour, on ne voudrait surtout pas vous déranger, de réfléchir trois secondes à la possibilité de vous sortir les doigts du cul pour éradiquer VRAIMENT la mafia, juste histoire de nous faire sortir du Moyen Âge, merci). Suite à quoi j'avais promis à ce mangeur de grenouilles un petit dîner sicilien qui lui ferait oublier les vingt-trois ans de fermeture « pour travaux » du théâtre Massimo de Palerme ; voire qui modifierait son orientation sexuelle, ce qui ne m'aurait, soyons honnête, pas dérangée outre mesure. Mais dans la liste des clichés, il avait alors oublié la « famille italienne ».

Je remerciai Serguei de ce petit rappel qui me donnait une très belle occasion de l'éclairer, non sur la « famille italienne », à propos de laquelle il semblait parfaitement informé, mais sur la mienne en particulier. Et je m'y employai, tout en mettant du café en route dans ma Bialetti, ce qui me permettrait, une fois que j'aurais triomphé de leur suffisance, d'obtenir le décès par insuffisance cardiaque de mes interlocuteurs accoutumés au jus de chaussette. La famille de l'Italienne qu'ils avaient devant les yeux n'était pas une famille. Pas une famille du tout. S'il leur fallait une définition, elle était plutôt à chercher entre le bug informatique, le fourre-z-y-tout, la pomme d'arrosoir et le jardin d'acclimatation.

– Commençons par ma mère, puisqu'il faut bien l'appeler par un nom. Personnellement, j'aime mieux parler d'individu pourvu d'utérus qui par inadvertance a mis trois enfants au monde entre deux plantations de bégonias, et qui porte son uniforme d'agent de la ville préposé à l'entretien des espaces verts avec une certaine dignité, c’est-à-dire des boucles d’oreilles pendantes en strass. Quand je suis née, elle était encore maîtresse d’école, puis elle s’est rendu compte qu’elle voulait le plus grand bien aux enfants dans l’absolu mais ne les aimait pas du tout, ce qui ne l’a pas empêchée d’en élever trois, et aussi de continuer à lutter contre l’échec scolaire en nous envoyant quand on était petits faire du porte-à-porte le samedi soir tout seuls dans les quartiers mal famés pour distribuer des boîtes de sardines « parce que c’est riche en phosphore ». Ma mère m’a appris à me mêler de ce qui ne me regarde pas, à déborder systématiquement quand je me vernis les ongles et à toujours dire la vérité, même si ça fait mal ; pour le reste, elle m’a laissée me démerder.

» Mon père, maintenant. Il vient de prendre sa retraite, après avoir été pendant trente-cinq ans infirmier dans un service de psychiatrie. Sa longue expérience relationnelle avec les paranoïaques, particulièrement les personnalités sensitives dites de Kretschmer, qui sont extrêmement susceptibles, et surtout avec ma mère, qui l’est encore plus, lui a permis de contrebalancer l’influence de cette dernière en m’enseignant ce qu’il appelle la diplomatie stratégique, c’est-à-dire l’hypocrisie. Depuis qu’il ne travaille plus, il apprend le bambara et va tous les jours servir des repas aux migrants en les suppliant de renoncer à rejoindre l’Allemagne et l’Angleterre, et il arbore en toutes circonstances un badge avec écrit « Étrangers, ne nous laissez pas seuls avec les Italiens ! » agrafé sur son tee-shirt. Par ailleurs, bien qu’athée, il ne rate jamais la messe du dimanche – contrairement à ma mère qui, bien que catholique, n'y va jamais –, soi-disant « parce qu'il faut toujours savoir ce qui se trame chez l'adversaire », en réalité parce que c'est le seul endroit où il peut chanter sans recevoir d'objets lourds sur le crâne. Il est plus affectueux que ma mère, et même assez sentimental, mais comme il ne se rappelle jamais le prénom de ses enfants, personne n'y croit.

» Mon frère le déteste. Il a plusieurs fois essayé de le tuer, d'abord à huit ans, en l'empoisonnant avec de la mort-aux-rats ; puis l'année suivante, en glissant des petits mots avec les boîtes de sardines qu'on distribuait dans le quartier de Brancaccio, où il avait écrit « récompense et admirassion éternelle de la parre du Boss pour qui feras la pot à Roberto Randazzo » avec un petit portrait-robot de papa ainsi que l'adresse de l'hôpital où il travaillait et celle de notre appartement ; puis à quatorze ans, en le poussant tout simplement du haut du Capo Gallo. Ensuite, Tommaso a fait de la philo. Il a eu sa licence brillamment, et à peine diplômé a pris la décision de ne plus jamais ouvrir un bouquin, de s'acheter une gourmette et une perche à selfie et de devenir maître-nageur. Et il l'a fait. Sur son compte Facebook, il passe son temps à publier des photos de profil torse nu avec la toison pubienne qui dépasse de son bermuda fluo et change tous les mois de pétasse croate aux cheveux lissés.

» Ma sœur Chiara est encore au lycée. Elle rêve de devenir thanatopractrice et passe tous ses week-ends dans les catacombes des Capucins, au milieu des corps momifiés, tout en apprenant par cœur un manuel américain qui s'appelle « Je monte ma propre maison funéraire et tous mes amis sont jaloux ». Depuis qu'elle a vu *Six Feet Under*, elle soutient qu'il est impossible d'embaumer des cadavres ailleurs qu'en Californie, en tout cas dans les conditions d'exigence et de professionnalisme qui sont les siennes. Elle est très gentille et ne déteste personne, elle préfère juste les gens morts.

» On va passer rapidement sur mes oncles Orlando et Fernando qui sont à la fois jumeaux monozygotes, voisins de palier et brouillés à mort depuis trente ans, et sur ma tante Monica qui a dénoncé son mari au fisc, pour nous intéresser au cas de Mirella. Mirella, et j'en finirai par là, est ma cousine, à la fois innocente et responsable de la brouille entre les jumeaux, puisque chacun des deux est persuadé d'en être le père. Elle a disparu le jour de ses vingt-quatre ans et on vient juste de découvrir, six ans plus tard, qu'elle est vivante, qu'elle vit dans une jolie maison en Norvège avec son mari et son petit garçon, et qu'elle est devenue l'une des actrices pornos les plus cotées de Scandinavie. Voilà, donc j'aimerais bien que vous m'expliquiez à quoi j'appartiens.

J'ai aimé la minute qui a suivi. Une longue minute, durant laquelle Serguei et Mathieu continuaient de m'écouter bouche bée alors que je ne parlais plus du tout. J'en ai profité pour leur servir un petit café *ristretto*, non sans déposer dans chaque soucoupe un carré de chocolat de Modica légèrement aromatisé à la cannelle ;

je me sentais pour tout dire assez proche du triomphe, lorsque Mathieu hocha la tête et suggéra :

– Eh bien… disons que tu *appartiens* à une famille originale.

Je lui tendis sa tasse avec un grand sourire, choisissant ainsi de marcher sur les traces de mon père plutôt que de la lui envoyer à la figure comme aurait eu bien raison de faire ma mère, puis je me tournai vers Serguei Jean-Michovitch en prenant l'air de faire semblant d'attendre son verdict avec angoisse, de façon à ce qu'il sente bien à quel point je m'en foutais. Serguei attendit son café, en avala une gorgée en s'efforçant de ne pas grimacer, haussa légèrement les épaules et dit qu'il ne voyait pas du tout ce que j'essayais de prouver. Je lui répondis qu'il ne s'agissait pas d'un essai, mais d'une victoire : je venais de lui démontrer que toutes les familles italiennes n'étaient pas des récipients enduits de colle néoprène, que dans la mienne personne n'appartenait à personne, et que lui-même, sauf mon respect, n'était rien d'autre qu'un petit-bourgeois parisien bouffi de préjugés. Mathieu acquiesça discrètement. Après lui avoir lancé un regard méprisant, Serguei aspira une deuxième gorgée de café, déglutit avec beaucoup de courage et me demanda tous les combien de temps je téléphonais à mes parents depuis que j'étais partie en Erasmus. Je n'en savais rien. Vraiment, je n'en avais aucune idée.

– Quand j'ai le temps… quand j'ai envie.

Il voulut savoir quand j'avais appelé la dernière fois.

– Peut-être hier, ou avant-hier.

– Et la fois d'avant ?

Il essayait de me piéger. C'était touchant. Je lui dis de ne pas se fatiguer, que je pouvais rester des semaines sans nouvelles de ma famille, mais que, promis, si un jour j'étais prise d'un besoin irrépressible d'appeler ma maman toutes les deux heures, je l'en informerais et le supplierais d'avoir le triomphe modeste.

– Et quand iras-tu les voir ?

Maintenant, il essayait de m'agacer. D'ordinaire, je n'aime pas me sentir infantilisée, mais là, j'y voyais plutôt une tentative désespérée de me prendre de haut pour faire oublier qu'il venait de perdre. Ça faisait de la peine de voir ce que cet homme devenait. Une intelligence qui meurt, ça fait toujours de la peine. Alors je murmurai avec douceur :

– Je ne sais pas précisément quand je rentrerai à Palerme, Serguei. Ça dépendra de l'avancée de ma thèse et de ce que je trouve comme vol low-cost, mais sûrement pas avant… je ne sais pas, disons… pas avant… Noël.

Dans les histoires horribles, c'est souvent un mot qui déclenche tout.

IV

Serguei Ivanovitch Dumollard maîtrisait l'art d'agrémenter ses silences. Il donna du relief à celui qui suivit ma gentille réponse au moyen d'un très lent balancement de la tête d'avant en arrière. Il prenait son temps. Malheureusement, aucune petite fenêtre n'était apparue devant son front pour montrer le remplissage progressif d'une barre horizontale avec un pourcentage inscrit au-dessus, sinon Mathieu et moi aurions pu parler d'autre chose en attendant, ou même aller faire un petit tour dans le quartier ; là, on ne savait rien de l'avancée du processus, et ni lui ni moi n'osions interrompre l'opération. Ç'aurait été dangereux, il aurait pu planter. J'attendis donc, tandis que le fiancé statisticien, qui semblait habitué à ces moments de méditation ostentatoire, recommençait à s'envelopper de voluptueux nuages aromatisés au mojito, lesquels formaient un mélange un peu bizarre avec les effluves de mon délicieux café, de sorte que lorsque Serguei revint à lui, je commençais à avoir mal au cœur ; cela mis à part, j'étais dans les meilleures conditions pour accueillir les ultimes soubresauts du vaincu, à qui je continuai de sourire avec bienveillance.

– Et si tu n'y allais pas ?

J'élargis encore mon sourire. Je ne savais pas comment répondre sans l'humilier davantage – on ne frappe pas un homme à terre –, alors je pris l'air hésitant, fis semblant de me creuser la tête, envisageai même sérieusement de le laisser gagner ; mais cette fois, l'influence de ma mère fut la plus forte et je lui répondis la vérité, à savoir que si je n'y allais pas, ça n'aurait absolument aucune importance. Je vis son sourcil se lever :

– Tu *pourrais* ne pas passer Noël avec ta famille en Sicile ?

Il me fallut bien confirmer, tout en allant entrouvrir la porte d'entrée pour faire un courant d'air. Mathieu réapparut d'un coup. Quant à Serguei, autour duquel la vapeur s'était reportée, il ressemblait maintenant à une apparition surnaturelle assez inquiétante, qui me pointait du doigt.

– Alors, n'y va pas.

C'est fatigant, les gens qui veulent toujours des preuves. Les vrais chercheurs sont comme ça : tatillons, maniaques, volontiers intraitables. Ça n'en fait pas toujours les interlocuteurs les plus agréables du monde, mais il faut reconnaître que de temps en temps, ces gens-là font avancer la science. J'attrapai donc mon smartphone dans l'intention d'annoncer à mes parents que je ne passerais pas Noël avec eux, non sans indiquer à Serguei que j'allais me ridiculiser en les appelant pour un motif aussi inepte. Il m'arrêta sur-le-champ :

– Non ! C'est trop facile. À distance, on peut s'en sortir, trouver un empêchement, et si ça fait un drame, il suffit de couper son téléphone ! Non. Je croirai à ta non-appartenance familiale si tu prends l'avion comme prévu au début des vacances, que tu arrives chez tes parents et que, une fois là-bas, tu refuses de passer Noël avec eux.

C'était nouveau, ce ton impérieux. Avec cette pâle vapeur dont les courbes lui effleuraient les contours, il devenait impressionnant. Un succube dans ma chambre de bonne. J'allais lui demander de sortir de ce corps, lorsque Mathieu, qui depuis un moment nous regardait tous les deux avec perplexité, intervint :

– Chéri, tu deviens lourd… Laisse-la fêter Noël en famille, qu'est-ce que ça peut te faire ?

L'incriminé répondit par un soupir de lassitude, que je compris – ô combien : le chemin qui mène à la connaissance est plein d'embûches, c'est une quête qui dérange, qui fait peur, qui provoque des jalousies. Je ne voulais pas juger Mathieu, il avait certainement une blessure cachée, quelque chose en tout cas d'assez douloureux pour lui avoir donné envie de passer le restant de ses jours à rédiger des rapports de synthèse et à calculer des moyennes, mais moi, je n'étais pas de ceux qui empêchent la Vérité d'éclater.

– D'accord.

Serguei plissa les yeux. Quelque chose s'était allumé à l'intérieur, de l'ordre de l'excitation du démiurge.

– Très bien, alors voilà ce qu'on va faire, dit-il en revenant s'asseoir face à moi. Mathieu sera dans sa famille à Bordeaux, comme tous les ans, et moi je passerai le réveillon avec mon père, dans sa maison de retraite à Versailles ; il souffre d'Alzheimer et somnole à peu près toute la journée, ce qui me laisse du temps. J'aurai mon iPad avec moi. Je serai connecté.

Il avait posé ses coudes sur la nappe, et maintenant joignait ses mains du bout des doigts, façon réunion de crise à la CIA.

– Je veux que tu passes Noël avec moi sur Skype. Je veux te voir passer toute la soirée, puis toute la nuit de Noël toute seule dans un bar sinistre, ou dans un hall de gare, ou sur une plage où il y aura du Wi-Fi, où tu voudras, je m'en fous, n'importe où sauf avec ta famille. Je veux que tu restes connectée du 24 décembre à vingt heures jusqu'au matin du 26. Je veux te voir en temps réel pendant toute la durée de l'opération.

Il s'interrompit quelques secondes, l'air extrêmement dur et déterminé, puis se pencha légèrement vers moi et murmura en écarquillant les yeux :

– Je plaisante, Francesca.

Je lui rendis son sourire. Depuis six semaines, j'assistais à la mutation du prof vers l'amant, de l'amant vers l'ami, de l'ami vers le maître à penser, et maintenant du maître à penser vers le pervers manipulateur, c'était amusant. Pendant ce temps, le vapoteur nous regardait comme s'il suivait un match de tennis. Je lui demandai confirmation, non sans adopter un ton de petite fille :

– C'est vrai, Mathieu ? Il plaisante ?

Le statisticien se figea. On le sentait proche de l'écran bleu. Apparemment, la réponse n'était pas dans sa base de données. Les couples qui marchent, c'est souvent comme ça : on a beau se connaître, se parler tous les jours pendant des années, dans le fond chacun reste un mystère pour l'autre. Mathieu ne savait pas. Il était incapable de me dire si Serguei Jean-Michovitch Dumollard plaisantait.

Il était alors près de minuit. Mes invités avaient dîné, bu le café, fumé, vapoté, ironisé en parfaits Parisiens, et moi j'avais parfaitement joué la Méditerranéenne malhabile dans le maniement des arrière-pensées mais qui cherche à rivaliser, façon Toulouse dans *Les Aristochats* ; pour ceux qui ne connaissent pas, Toulouse est un petit chaton bien élevé qui espère passer pour une racaille en hérissant le poil et en crachant dans toutes les directions, mais qui, ce faisant, ne réussit qu'à être encore plus mignon. C'était parfait, chacun s'était comporté selon son profil et sa situation. On arrivait au bout de quelque chose. On allait peut-être commencer à faire connaissance. Ou à s'ennuyer.

Souris a terminé sa toilette. Maintenant, il regarde par la fenêtre, complètement immobile. Pour lui, la question de l'ennui ne se pose pas. Il se place au-dessus. Ou au-delà. Si je l'avais connu ce soir-là, il m'aurait peut-être aidée.

Il m'aurait peut-être protégée. Sans rien faire, par sa simple présence sur le rebord de ma fenêtre, avec cette pose de sphinx, il m'aurait donné l'exemple. Peut-être que je me serais figée, moi aussi, face à Serguei, que mes yeux n'auraient pas fixé les siens mais l'infini à travers eux, que je me serais changée en divinité muette ; peut-être que mes invités, après avoir vainement tenté de rétablir le contact, auraient fini par s'en aller sur la pointe des pieds, à reculons, comme autrefois dans les églises. Ce n'est pas sûr. C'est une hypothèse. Il me semble pourtant que je me serais comportée différemment ; j'aurais ri, changé de sujet, proposé un autre café, en tout cas j'aurais fait autre chose que de me retourner vers Serguei et de lui déclarer en relevant le menton :

– Mais moi, je ne plaisante pas. Je vais le faire. J'irai à Palerme, et je ne fêterai pas Noël.

V

Le 22 décembre, dans l'avion qui me ramenait sur la terre de mes ancêtres, je rêvassais, le front contre le hublot. Au-dessous, la mer de nuages me donnait l'impression de survoler Mathieu qui tirait sur une immense cigarette électronique pour faire écran à la Vérité. Mais qu'est-ce que c'était que la vérité ? Est-ce que j'avais menti en décrivant ma famille ? Ma mère n'était pas tout à fait la sorcière en salopette que je leur avais dépeinte ; elle travaillait bien pour les espaces verts de la ville de Palerme, mais dans un bureau, et quant aux boucles d'oreilles en strass, elle les avait juste essayées pour rire, le temps d'une photo devant l'étalage d'un vendeur à la sauvette. Mon père était bel et bien faux-cul et sentimental, mais uniquement quand il avait trop bu ; pour ce qui est de l'accueil des réfugiés et de l'apprentissage du bambara, disons qu'il en parlait. Si mon frère était devenu maître-nageur, c'était faute d'avoir pu obtenir un poste de prof de philo, mais il continuait d'en lire et se contentait de la même fiancée, pas spécialement vulgaire, depuis des années. Ma sœur ressemblait à ce que j'en avais dit, avec en plus une dizaine de piercings sur les oreilles, mais elle était bien la seule à pouvoir figurer dans une comédie d'Almodóvar : mes oncles Orlando et Fernando ne se disputaient aucune paternité, d'ailleurs ils ne se disputaient jamais tout court ; j'aurais adoré que ma tante Monica dénonce son connard de mari au fisc, mais elle aussi avait un compte en Suisse ; et quant à ma cousine Mirella, elle était belle, sexy, blonde comme une Scandinave, et pharmacienne à Syracuse. Voilà pour les faits ; mais la vérité est-elle nécessairement dans les faits ? Ne faut-il pas plutôt la chercher quelque part entre la fonction et le sens des choses ? Pour moi, je ne m'étais pas livrée au mensonge, j'avais construit un objet ; créé les conditions de quelque chose. De quoi ? Je ne savais pas encore. C'est mon côté aventurière. Je saute, et après on voit s'il y a de l'eau dans la piscine ou pas.

Dans l'avion qui me ramenait sur la terre de mes ancêtres, j'étais paisible. J'allais retrouver la maison, mes parents, le petit balcon où on prenait le café au milieu des bougainvilliers, et ça ne me déplaisait pas ; mais ça ne m'enchantait pas non plus. Pour moi, le centre de gravité de l'existence ne peut pas être lié à un environnement plutôt qu'à un autre, puisqu'il se trouve à l'intérieur de chacun ; autour, c'est un décor, ou un paysage. Bien sûr, j'attache de l'importance à la qualité du paysage, mais la célébration excessive de celui qui vous a vu grandir me semble une assez déplaisante manière de se masturber en public sans que personne ose vous le faire remarquer ; mon amour pour la Vérité me pousse à préférer l'onanisme en pleine rue tel que le pratiquait Diogène de Sinope. Mais le 22 décembre, tout en glissant à travers les cieux, j'entendais dans mes écouteurs une version italienne de *Douce France* de Charles Trenet, et il me semblait que le sentiment d'appartenance était aussi, ou plutôt n'était peut-être, le plus souvent, qu'une petite chanson qu'on fredonnait ; et tandis que l'avion commençait sa descente vers Palerme, la voix féline de Carla Bruni me parlait d'enracinement déraciné avec son accent ni tout à fait piémontais ni vraiment français, et je sentais mes paupières se faire lourdes, lourdes, j'entrais de plus en plus en moi-même, je descendais les marches, une à une, vers les profondeurs de ma conscience… vers le cher pays de mon enfance… cinq, quatre, trois, deux, un…

Ce fut ensuite l'atterrissage et mon entrée dans Palerme. Que je ne décrirai pas. Un des très rares points communs entre l'université et la vraie vie, c'est que dans l'une comme dans l'autre, de temps en temps on est obligé de faire une impasse pour se concentrer sur l'essentiel. Je renverrai donc ceux que ça intéresse à la page Wikipédia consacrée à Palerme, qui est très bien faite, et aussi à la section « Palerme » du Guide du Routard Sicile où l'on vous conseille de capter l'atmosphère de la ville, de goûter à son rythme parfois chaotique et de plonger dans ses pittoresques ruelles populaires ; et je conseillerai aux gourmands, bien sûr, l'incontournable trattoria

Antica Focacceria San Francesco où vous pourrez, sur une terrasse typiquement palermitaine entre deux ruelles pavées, déguster une friture ou des pâtes au pesto à la pistache, sans oublier leur mémorable granité citron (à noter qu'en Sicile, comme dans toute l'Italie, les restaurants pratiquent la majoration « pain-couvert » de 2 à 3 euros par personne). Je ne dirai rien non plus sur les habitants. À l'heure où nous vivons, les spécificités locales en matière d'anthropologie servent trop souvent de cache-misère à l'uniformisation culturelle ; en

2016, il y a plus en commun entre un Palermitain et un Moscovite qu'entre un Palermitain et son grand-père, et vous rencontrerez en Sicile les mêmes adolescents qu'à Tokyo, Stockholm et Johannesburg, presque tous coiffés comme des footballeurs ou comme des strip-teaseuses, le nez collé au smartphone, et dont on aurait beaucoup de mal à croire que les prochains révolutionnaires, découvreurs de vaccins, héros du changement climatique, prix Nobel de littérature, sauveurs de l'humanité, ce sera eux.

Alors que si.

La navette de l'aéroport m'a déposée place Politeama, et j'ai marché sans me presser jusqu'à la rue Serradifalco. La nuit tombait sur les magasins illuminés. En passant devant le Palazzo Ziino, j'ai vu une longue file d'attente pour une expo d'art abstrait et, juste après, un cracheur de feu ivre mort qui aidait une vieille dame à traverser. À part ça, Palerme, c'est Paris avec des palmiers. Et du linge qui sèche dans les rues. Et des hôtels de luxe. Et des immeubles en ruine depuis 1943. Rien de spécial.

À Palerme aussi, les gens sont fatigués, ils se bousculent, ils arrivent en retard, ils crient dans leurs smartphones, ils ratent leurs créneaux, ils éclatent de rire, ils sont émouvants, ils sont insupportables. À Palerme aussi, marcher sur un trottoir avec une valise à roulettes se rapproche du numéro d'équilibriste et passe aux yeux d'autrui pour une incitation à la haine ; le niveau d'exposition à la mort y est à peu près le même, si ce n'est qu'à Paris les passants de sexe masculin n'ont pas de Beretta dans leur poche à côté du chapelet, qu'on peut dater le bitume des trottoirs sans faire appel au carbone 14 et que la profondeur des nids-de-poule n'y permet pas de se suicider.

Souris me regarde bizarrement. Il n'a pas l'air content. Je ne sais pas si c'est parce qu'il ne goûte pas mon humour ou parce que je m'attarde un peu trop sur la séquence du trajet jusqu'à la maison. Oui ? C'est ça, tu voudrais que ça aille plus vite ? Tu as hâte de rencontrer ma famille ? Pardon, mais d'abord la rue Dante est très longue, ensuite le vol m'avait épuisée, et enfin, ne t'en déplaise, quand je suis en vacances je fais ce que je veux. J'ai donc évité les trous et les gens, dépassé la rue Filippo Parlatore, longé le jardin de la Villa Malfitano et tourné à droite jusqu'à l'immeuble où habitent mes parents, d'une remarquable architecture typique des années 1980 : cinq étages de béton décrépi anciennement couleur crème, le charme ineffable de la maçonnerie qui tombe en morceaux sous les balcons, un cadre idéal exposé plein est-plein sud, situé à cinq minutes du magnifique palais de la Zisa (XIIe siècle, joyau de l'architecture arabo-normande) et proche de tous commerces (boulangerie Di Miceli à cent cinquante mètres, Carrefour Market à trois cents mètres). J'ai fait le code, pénétré dans le hall et appelé l'ascenseur. Dans les histoires horribles, et aussi dans la Sicile légendaire connue du monde entier, à ce stade de l'intrigue l'ascenseur se révèle en panne, brusquement la minuterie s'éteint et on commence à entendre des bruits bizarres.

Je sais.

38 Souris, mon ami. Te raconterai-je l'extraordinaire banalité de la soirée qui suivit ? Te dirai-je que l'ascenseur fonctionna parfaitement et que, après avoir ouvert la porte, ma petite sœur m'a sauté au cou avant de m'entraîner dans sa chambre pour me montrer une véritable oreille humaine dans une bouteille de formol, me raconter comment elle se l'était procurée à l'école de médecine et me faire jurer sur la tête de nos parents que je ne dirais rien ? Te désolerai-je du récit de l'engueulade que mon arrivée interrompit entre mon père et ma mère dans la cuisine, au sujet de la cuisson des pâtes au four dont chacun des deux revendiquait la responsabilité au nom du concept de « charge mentale » qui incombe généralement aux femmes et dont mon père venait de découvrir l'existence sur Internet ? T'infligerai-je les détails de la conversation du dîner où je régalai les miens du récit de ma vie parisienne, depuis mon apprentissage du code occulte de l'usager du métro (ne jamais sourire, ni faire de gestes brusques, ni stationner à gauche dans

les escalators, ni regarder qui que ce soit dans les yeux et, si possible, éviter de hurler « *Allahu akbar !* » en entrant dans une rame) jusqu'à mes démêlés existentiels avec ma propriétaire à propos du branchement (à mes frais) d'une douchette sur le robinet de la chasse d'eau des W.-C. pour pallier la médiévale absence de bidet, sans oublier l'extraordinaire banquet grâce auquel j'avais, moi la nulle en cuisine, ébloui un prof de la Sorbonne et le cumulonimbus qui lui servait de partenaire de vie ? Non. Qu'il te suffise de savoir que, le congélateur étant tombé en panne dans l'après-midi, ma mère apporta pour le dessert la totalité des sorbets qu'elle avait faits depuis l'été dernier, ananas, pêche, melon, cassis, framboise, citron et pamplemousse, et nous ordonna de tout manger d'un air extrêmement menaçant. Et que, dans ces cas-là, ma mère, même sans boucles d'oreilles en strass, elle fait peur.

On dit que le bonheur ne se raconte pas. Pour ce qui est de ma famille, ce n'est pas à proprement parler de bonheur qu'il s'agit ; plutôt d'une sorte d'équilibre entre bonheur et malheur, les deux si constamment imbriqués qu'ils se confondent la plupart du temps en une seule et même matière ni vraiment délicieuse ni complètement dégueulasse. Le soir du 22 décembre, j'arrivai donc dans une famille normale : structurée sans rigidité excessive, cool sans verser dans le genre baba, où les parents se faisaient parfois du souci, où la virginité de personne n'était exigée avant le mariage, ni le polyamour spécialement encouragé, où l'on se disait à peu près « bonjour » et « merci », et qui avait comme qualité principale de n'être justement ni assez intéressante ni assez compliquée pour constituer le centre des préoccupations de ses membres et ainsi en faire des gens imbuvables.

Mais ça, c'était avant.

VI

Le matin du 23 décembre, je me réveillai la première. J'étais encore sur mon rythme parisien, de sorte qu'à huit heures je bondis hors de mon lit et me précipitai devant le miroir de la salle de bains. Là, comme chaque matin, je déclarai la guerre au jour nouveau en lui disant droit dans les yeux : « Ce n'est pas toi qui décideras de ma vie. »

Notons qu'en général le jour nouveau accueille cet avertissement avec placidité, voire indifférence, et n'en tient compte ensuite que partiellement, voire pas du tout. Mais ça ne veut pas dire qu'il n'entend pas, et pour ma part, j'estime très important de poser les choses clairement dès le réveil. Je veux bien que le destin joue dans ma vie un rôle honorifique, et même consultatif ; loin de moi l'idée de chercher à minimiser son talent d'imagination pour ce qui est de la scénarisation des événements, mais en l'occurrence, la gestionnaire, la responsable, celle à qui on demandera des comptes, c'est moi.

Après cette petite mise au point, rien ne m'est envisageable avant le franchissement de la deuxième étape, à savoir l'entrée dans mon œsophage d'une quantité *q* de café accompagnée d'un verre *v* d'eau pétillante, de préférence entièrement naturelle mais que j'accepte aussi regazéifiée avec son propre gaz, dont je bois une fraction *f* entre deux biscuits « bastoncini » garantis sans huile de palme de la marque Balocco® en quantité variable *x*, ce qui donne l'équation suivante :

$q + v/x + x = q + f + x$

Ensuite, la journée peut commencer.

Or, le matin du 23 décembre, lorsque j'entrai dans la cuisine, je me rendis compte qu'en fait non, je ne m'étais pas réveillée la première ; ou alors que si je m'étais réveillée la première, pendant les trois secondes où j'avais crié ma rage à la face du destin, ma sœur et mes parents avaient trouvé le moyen de se réveiller à leur tour, de se lever, de se rendre dans la cuisine, de préparer le petit déjeuner dans une coordination et un silence parfaits, puis d'en ingurgiter la moitié et de s'immobiliser comme des statues pour me regarder faire mon entrée.

En tout cas, j'étais attendue.

Précisons – à tout hasard – que la veille, juste avant d'aller me coucher, j'avais annoncé négligemment à la cantonade que cette année, Noël, ce serait sans moi.

Je n'ai pas compris tout de suite l'image. Trois individus étaient assis autour de la table : une grande onde dans la cinquantaine, un petit homme trapu ns la soixantaine, et une adolescente bien en chair qui n'avaient rien en commun, si ce n'est la fixité du regard. Qui étaient-ils ? Que me voulaient-ils ? Ces questions étaient intéressantes, mais avant de m'y atteler, il me fallait avancer dans la résolution de mon équation. Tous trois me suivirent des yeux. Ayant le sens des priorités, je feignis de ne pas m'en apercevoir, allai dévisser la partie supérieure de la cafetière, emplis le petit réservoir d'arabica et le grand d'eau, revissai, allumai le gaz, attendis l'ébullition. Ensuite, assise devant le dispositif tasse-verre d'eau-biscuits, ayant bu une première gorgée de chaque liquide et croqué dans un bastoncino, je considérai ces trois êtres.

Ils semblaient sur le point de m'annoncer quelque chose. Une nouvelle importante. Le genre d'information qui risquait de me faire un choc. Par ordre décroissant de probabilité : ma mère avait décidé de devenir un homme ; ma sœur attendait un enfant ; mon père s'était mis réellement au bambara ; mon frère était nommé prof ; la Taverna Azzurra avait été remplacée par un Starbucks café ; une bombe atomique venait de rayer Paris de la carte ; aucune boutique de la rue Roma ne payait plus le *pizzo*[1] (ça, c'était vraiment impossible). Mais de leurs trois bouches ouvertes, aucun son ne sortait.

Pourquoi ?

En attendant le débogage du programme « famille », je décidai de reboire une gorgée d'eau, une autre de café,

1. *Pizzo* : forme de racket pratiqué par les mafias italiennes envers les commerçants locaux.

après quoi je recroquai dans mon premier bastoncino depuis trois mois, ce qui représentait un niveau de plaisir élevé ; et au moment même où j'avalais cette deuxième bouchée en me demandant ce que donnerait la chanson de la Bruni en remplaçant « France » par « Italie » et « enfance » par « bastoncini », sachant qu'en français ça rimait à peu près, ma sœur se tourna vers mes parents et, les dents serrées, murmura :

– Laissez-moi seule avec elle.

À ce moment-là, ma capacité à percevoir le monde extérieur commençait à peine à tourner en tâche de fond. Je suivis des yeux mes parents qui s'en allaient docilement, tout en m'interrogeant sur les raisons de ce cérémonial, avec à ce stade plus de curiosité que d'appréhension : Chiara était encore à cet âge où l'on change définitivement de personnalité trois fois par semaine. Avait-elle décidé de renoncer à la carrière d'embaumeuse ? Allait-elle se tourner vers la médecine légale, ou la fabrication de prothèses pour personnes mutilées des oreilles ? À vrai dire, je ne voyais pas bien de quoi il pouvait s'agir, ni en quoi j'avais besoin de ménagement avant d'apprendre qui serait ma petite sœur durant les trois prochains jours, aussi décidai-je d'entamer un deuxième bastoncino. C'est alors qu'elle attrapa ma main au passage, et la serra très fort. Je levai les sourcils.

– Francesca, me dit-elle, si tu as un problème grave, tu peux m'en parler.

Et elle ajouta cette seconde information :

– Je suis ta sœur.

Je gardai les sourcils levés. La bouche pâteuse, je lui répondis que c'était très aimable de sa part, mais que, à ma connaissance, je n'avais pas de problème grave ; que oui, en effet, un certain nombre d'éléments pouvaient porter à croire qu'elle était ma sœur, et que, par voie de conséquence, il y avait fort à parier que j'étais la sienne. J'aurais aimé ajouter que si j'avais un problème grave je pourrais, comme elle le disait très bien, lui en parler, mais que ça n'avait pas de lien *a priori* avec les liens du sang, qu'il me suffisait amplement qu'elle soit une personne vivante munie de deux oreilles, ou même d'une seule oreille ; mais tandis que je m'apprêtais à entrer dans ces détails, Chiara fronça les sourcils, serra ma main encore plus fort et dit, plus fort aussi :

– Dis-moi ce qu'il se passe.

Qu'entendait-elle par-là ? S'il s'agissait de moi, je ne pouvais que lui répondre avec la plus grande clarté qu'il ne se passait rien, en tout cas rien qui justifiât qu'une lycéenne gothique me broyât la main en me regardant comme si j'allais mourir, que ma santé était excellente et mon moral pas mauvais, que mes études se passaient le mieux du monde, qu'au niveau des finances ça n'était pas Byzance mais que j'avais promis à ma conseillère-clientèle de ne plus acheter de cannoli chez Fauchon, et que pour le grand amour on verrait plus tard ; mais si sa question était plus générale, je pouvais lui affirmer qu'il se passait des choses, oui, il s'en passait de belles dans les conseils d'administration des multinationales, dans les usines du Bangladesh, dans les eaux de la Méditerranée, dans les prisons du Venezuela et dans l'appartement d'une femme sur dix. J'allais énoncer cette liste en ayant soin d'y ajouter des éléments positifs, car dans ce monde il se produit également des choses très belles, mais elle ne m'en laissa pas le temps :

– Je comprends que tu le caches aux parents, Francesca, mais… moi je sais que tu ne leur diras rien pour l'oreille, alors toi aussi, tu dois me faire confiance. Je suis capable de garder un secret.

Un instant, je restai interdite. Qu'est-ce que c'était que cette créature qui s'exprimait en récitant des dialogues de *La Petite Maison dans la prairie* ? Que faisait-elle en Europe ? S'il s'agissait de la vraie Chiara – chose difficile à croire –, il fallait faire preuve de tact. L'adolescence est une période décisive sur le plan de la formation. Il est important de savoir accueillir le jeune sans le juger, et de ne pas oublier qu'à travers les comportements les plus déconcertants il essaie de nous dire quelque chose. Ayant conscience de l'enjeu, j'inclinai la tête en plissant les yeux de façon à montrer toute mon écoute, et cela fonctionna : après un instant d'hésitation durant lequel les mots en elle semblaient se bousculer, bouillonner de cette énergie si formidable du printemps de la vie, Chiara prit une profonde inspiration, déglutit, et s'exprima.

– Allez, dis-le-moi. Qu'est-ce qui t'empêche de passer Noël avec nous ?

VII

Dans les histoires horribles, les premières manifestations du Mal prennent souvent un aspect anodin. La pièce dans laquelle retentissaient des bruits inhabituels se révèle, une fois la porte ouverte, parfaitement vide et paisible, baignée d'un beau rayon de soleil qui caresse le couvre-lit et fait miroiter la cire des meubles. C'est ainsi que la question de ma sœur, passé la première surprise, me fit sourire ; j'y reconnus la manière qu'elle avait parfois d'essayer de comprendre quelque chose au monde des vivants. Je lui répondis le plus tranquillement du monde :

– Rien ne m'en empêche, Kiki. Simplement, cette année, je n'ai pas envie.

À ces mots, son regard s'agrandit.

– Ah bon ? Mais tu as envie de faire quoi ?

– Je ne sais pas, rien de spécial. J'irai me balader, je trouverai un coin pour bouquiner, travailler à ma thèse.

Elle cligna plusieurs fois très fort des yeux, comme pour vérifier que je n'étais pas une apparition, puis se mordit la lèvre :

– Mais… Cesca… on *ne peut pas* fêter Noël sans toi.

Là, c'est moi qui restai interdite.

Que lui était-il arrivé pendant mon absence ?

Plusieurs hypothèses se présentaient.

Il pouvait s'agir d'un accès de conformisme relevant de la pandémie nationale dont on n'a pas encore trouvé le vaccin, et qui continue ses ravages des années après la mise en quarantaine du patient zéro ; je veux parler de la *berlusconisation des esprits*. Cette maladie neutralise les fonctions cérébrales qui permettent de réfléchir par soi-même et installe à la place un logiciel de traitement automatique des données commerciales qui, chez les sujets féminins, enregistre essentiellement les informations relatives à la meilleure façon de perdre trois kilos avant l'été, de soigner la migraine provoquée par la vue du moindre livre, de séduire un exilé fiscal, de faire semblant de pleurer sur le plateau d'un reality-show… et de préparer Noël.

Il pouvait s'agir d'un petit accident vasculaire cérébral, dû à un anévrisme aux dimensions limitées, pas très dangereux mais suffisant pour perturber certaines fonctions cognitives le temps que le caillot se résorbe.

Il pouvait s'agir d'une exacerbation de l'affectivité provoquée par une légère dysménorrhée, elle-même consécutive soit au stress de la préparation de la *Maturità*[1], soit à la prescription d'une pilule un peu trop dosée.

1. *Maturità* : baccalauréat italien.

Les pistes ne manquaient pas. Malheureusement, je n'étais pas encore assez réveillée pour expliquer à ma jeune sœur la différence entre affection familiale et telenovela brésilienne, lui conseiller de faire une IRM ou proposer de l'accompagner chez le gynéco. Je me contentai donc de lui répondre que si, ils pouvaient très bien passer Noël sans moi, après quoi je criai à nos parents qu'ils pouvaient revenir, croquai dans un troisième bastoncino et leur annonçai nonchalamment, c'est-à-dire la bouche pleine, que leur benjamine semblait perturbée par le fait que j'avais décidé cette année de ne pas fêter Noël.

La réaction ne se fit pas attendre.

J'aurais aimé que Serguei Jean-Michovitch assistât à la scène, rien que pour voir l'effondrement dans ses yeux quand ma mère se mit à rire : « Ah bon ! Mais qu'est-ce que c'est que cette histoire ? », tandis que mon père prenait sa petite dernière par l'épaule : « Enfin, ma Kiki, tu es complètement ridicule ! » Tous deux rivalisèrent ensuite d'arguments pour dissuader « Kiki » d'accorder la moindre importance à ce détail. Certes, Noël était une jolie fête, mais c'était surtout important pour les enfants ; bien sûr, Noël était un moment de retrouvailles, mais on pouvait aussi se retrouver la veille, ou le lendemain ; et surtout, Noël était une tradition, mais on avait la chance de vivre dans un pays libre, où les traditions ne faisaient pas loi, où l'individu avait des droits fondamentaux et inaliénables, en particulier celui de ne pas avoir forcément envie en même temps que tout le monde de se remplir la panse de sucres simples et d'acides gras polyinsaturés pendant trente-six heures d'affilée en buvant comme un gros porc pendant que la moitié de l'humanité crevait de faim en se prenant des bombes sur la gueule ; sans compter que « Kiki » grandissait et que, un jour, elle aussi pourrait avoir envie d'échapper à ce qui était devenu, il fallait bien l'admettre, une fête de l'achat compulsif où les gens se mettaient une pression pas possible pour trouver des idées de cadeaux dont la moitié se retrouvait en vente sur eBay le lendemain, quand ce n'était pas le soir même, donc au bout d'un moment on pouvait peut-être se poser la question du sens : vers quoi le monde se dirigeait ? Est-ce qu'on n'était pas en train de glisser tout doucement vers le gouffre ?

Ce fut ma mère qui conclut sur le gouffre. J'aurais aimé la filmer. Elle parlait renversée sur sa chaise, un croissant entamé à la main, hirsute, grandiose, quelque part entre la cariatide grecque et l'avocat général. Quant à mon père, qui n'était autre que l'auteur de la diatribe sur l'obscénité des ripailles dans un monde à feu et à sang, il se tenait droit, impérial, et regardait un point dans l'avenir à travers le mur, très loin, au-delà de l'effondrement de notre civilisation.

Telle fut la réaction de Roberto et Paola Randazzo.

Après quoi, devant la persistance de l'effarement dans le regard de « Kiki », et sans doute conscients de la nécessité de ne pas blesser les sentiments du jeune en recherche de repères, ils changèrent complètement de sujet, de sorte que le petit déjeuner s'acheva dans l'harmonie.

Qu'est-ce que l'harmonie ?

Pour moi, je dirais que c'est d'abord une relation à soi-même qui passe par la rencontre avec l'autre, l'autre à la fois comme chance et comme défi. C'est toute la différence entre moi et Socrate. Socrate prétend qu'il faut commencer par se connaître soi-même – pardon, mais ça ne marche pas comme ça : si on veut arriver à soi-même, il faut en passer par l'autre. Et c'était ce que ma sœur était en train de vivre : à travers sa sidération à mon égard, elle allait à sa propre rencontre. Il fallait respecter ça. J'aurais pu essayer de la rassurer, lui dire que j'avais plaisanté, qu'il n'était évidemment pas question que je les laisse réveillonner sans moi, et tout serait rentré dans l'ordre, un ordre qu'on aurait pu prendre pour de l'harmonie ; mais l'harmonie, ce n'est pas l'ordre ; l'harmonie, c'est quand l'être entre en résonance avec lui-même *à travers l'autre*. Il y avait harmonie, dans le ressenti de ma sœur à ce moment-là, parce qu'il y avait résonance, tout comme il y avait résonance dans la lente descente dans ma gorge de la cinquième gorgée de café qui entraînait avec elle les miettes de la première bouchée du quatrième biscuit, de sorte que se rencontraient sur mes papilles à la fois le croquant et le liquide, le sucré à température ambiante et l'amertume brûlante, le suave et le corsé, et c'est ainsi que de la désintégration naissait l'avènement.

En ce qui concernait Chiara, l'avènement serait sans doute pour un autre jour. Elle essaya bien de se mêler à la conversation qui suivit, et qui porta successivement sur l'heure à laquelle il s'arrêterait de pleuvoir, les vertus de l'aloe vera et l'augmentation des prix au marché de la Vucciria, mais le cœur n'y était pas, aussi annonça-t-elle son intention d'aller prendre sa douche. Ce qui signifiait, nous le savions tous, la transformation de la salle de bains en zone de non-droit où même la police n'oserait pas pénétrer avant au moins une heure et demie (dans le meilleur des cas, c'est-à-dire en l'absence d'épilation à la cire). Puis elle quitta la pièce avec, il faut le reconnaître, beaucoup de dignité.

– Qu'est-ce qu'elle a à être chiante comme ça ? demanda mon père à ma mère.

Celle-ci répondit avec indifférence :

– Elle collectionne les oreilles mortes.

L'ambiance était à l'échange d'informations. J'en profitai pour leur demander pourquoi diable ils s'étaient tous levés aux aurores.

Il y eut quelques secondes de suspens, comme si au lieu de prononcer une phrase j'avais vaporisé dans la pièce un parfum inhabituel dont il était difficile d'identifier les composants. Ma mère regarda mon père. Mon père me regarda, puis tourna à nouveau le regard vers ma mère et me répondit, sans la quitter des yeux, comme si un prompteur était collé sur son front :

– On a des courses à faire. Et on voudrait éviter. La cohue dans. Les magasins.

Ma mère rit alors d'une manière gracieuse :

– Mais toi, repose-toi, ma chérie, tu es en vacances ! Pourquoi tu ne vas pas te recoucher avec un bon bouquin ?

J'avais déjà vu cette personne agréable le matin. Une fois, quand j'étais toute petite. Ça devait être le jour où elle avait décidé d'abandonner le métier d'institutrice. Je me demande même si elle ne m'avait pas carrément embrassée avant de partir travailler ; non, ça c'est impossible, il doit s'agir d'un faux souvenir. Toujours est-il que ce témoignage d'affection à une heure pareille avait de quoi surprendre, et même sembler extrêmement suspect ; mais au moment où Paola Randazzo m'enjoignit de me la couler douce, j'avais congédié le niveau reptilien de mes facultés au profit de l'intelligence, qui n'est autre que la faculté d'adaptation aux situations nouvelles, et j'estimai que, dans un monde où tout se transforme en permanence, le fonctionnement de ma mère pouvait très bien avoir évolué.

Ce qui n'était pas le cas de mon goût pour la désobéissance ; je refusai net d'aller me recoucher avec un bon bouquin. À la place, j'allai me planter devant la porte de la salle de bains, où je criai à la forcenée d'avoir l'obligeance de me laisser prendre une douche rapide avant d'entamer ses gigantesques travaux de transformation en exactement la même fille avec en plus de l'eyeliner. Elle ne se le fit pas dire deux fois car, contrairement à sa grande sœur, Chiara était d'un naturel soumis et préférait faire ses coups en douce ; c'est ainsi que vingt minutes plus tard, douchée de frais, vêtue de chaud, je pus m'en aller faire ce qu'on appelle communément un « petit tour en ville ».

Depuis mes études à Pise, plus précisément depuis certaines lectures fin de siècle du genre Pascoli ou D'Annunzio, elles-mêmes éclairées par les cours de professeurs particulièrement peu humbles, du genre de ceux qui parlent avec l'accent français alors qu'ils sont d'Ancône, voire de Calabre, et dont l'influence m'a beaucoup fait perdre en rusticité, mon esprit ne peut plus supporter certains éléments de pensée qu'entre guillemets. L'idée de « petit tour en ville » en fait partie. D'ailleurs, même avec les guillemets, il m'est difficile d'y penser sans éprouver un léger haut-le-cœur, en tant que le « petit tour en ville » m'évoque non seulement un manque flagrant d'ambition dans l'hédonisme, mais surtout un alignement conscient sur les formes de citoyenneté les plus basses. C'est l'individu content de n'attendre absolument rien de lui-même ; c'est le téléspectateur de Canale 5 lâché en milieu naturel. Il m'aurait été impossible, en temps normal, d'envisager un tel mode d'incarnation ; c'est dire combien ma vie était entrée dans un moment où les lois communes n'avaient pas cours.

VIII

Je sentis ce basculement à l'étrange exaltation qui s'empara de moi à mesure que j'évoluais dans Palerme, alors que je croisais des êtres vivants qui, outre leur petite taille typique des habitants de l'île-aux-trois-mers, avaient en commun le regard traqué du protagoniste d'histoire horrible à qui il reste moins de dix minutes pour sauver l'humanité. Je les voyais se précipiter dans la grisaille en traînant leurs paquets, leurs sacs en plastique et leurs enfants en pleurs, et je réalisais que ma mère avait vu juste en posant la question de la finalité de tout cela. Je le mesurai surtout en me considérant moi-même : je me sentais étonnamment décontractée. Incroyablement détendue. J'évoluais dans un air moelleux, les mouvements de mon corps se déliaient dans une harmonie qui confinait à la volupté, chacun de mes membres était léger comme une plume, il me semblait que je pourrais me balader comme ça pendant des jours et des jours sans ressentir ni la faim, ni la soif, ni la moindre fatigue. Et tout cela pourquoi ? Parce que j'étais dispensée. Parce que je n'avais, moi, rien à réussir et ne craignais de rien rater, parce que ma survie ne dépendait d'aucun horaire de fermeture de chocolatier, d'aucun caprice de coiffeur, d'aucun accord de banque pour un crédit à la consommation, d'aucun temps de cuisson au four, d'aucune humeur de belle-mère ni d'aucun comprimé d'Alka-Seltzer. C'était comme d'être le seul personnage en couleur dans un monde en noir et blanc, ou un papillon parmi les fourmis ; moi seule pouvais butiner Palerme en savourant chaque lumière, chaque flaque d'eau, chaque odeur échappée d'une pâtisserie. Et lorsque je fus arrivée au cœur du centre historique, protégée de la pluie par mon imperméable et de l'hystérie générale par mon projet de Noël buissonnier, je m'installai à une table de l'Antico Caffè Spinnato, commandai un café et me mis à réfléchir à ce que j'allais faire pendant que tout le monde réveillonnerait.

D'abord, j'imaginai que j'aurais toute la ville à moi. Que je serais seule dans les rues, un peu comme après une catastrophe nucléaire, qu'il régnerait dans toute la ville un silence de mort, que je pourrais marcher au milieu du Corso Calatafimi déserté par les voitures, que je passerais devant des magasins pillés, des habitations béantes, des voitures abandonnées en travers des rues, que je foulerais des trottoirs jonchés de chaussures perdues et de sacs à main ouverts avec encore tout l'argent à l'intérieur ; sur les marches du théâtre Massimo, du lierre commencerait à pousser ; des renards et des sangliers éliraient domicile dans les jardins publics ; dans ce contexte, il ne s'agirait plus de passer Noël toute seule : il s'agirait de survivre, et de partir à la recherche d'autres survivants ; et une fois que je les aurais trouvés, de jeter avec eux les bases d'une nouvelle civilisation fondée sur l'amour et le développement durable.

Ou alors je pourrais me rendre compte que, contre toute attente, nous étions nombreux à ne pas réveillonner ; je pourrais croiser dans la ville des kyrielles d'asociaux et choisir parmi eux quelques compères avec qui passer la soirée. Mais dans ce cas, qu'en serait-il de la mission que je m'étais assignée ? Comment pourrais-je, une fois connectée sur un réseau 4G au milieu d'une bande de joyeux drilles lançant serpentins et boules de sarbacane, prouver à Serguei Jean-Michovitch Dumollard qu'aucune des personnes dont j'étais entourée ne faisait partie de ma famille ? Sans compter que si Serguei me voyait faire ça, il pourrait très bien en conclure – et il aurait tort, mais l'expérience prouvait à quel point cet individu excellait dans l'art d'avoir raison quand il avait tort – que je compensais de cette manière la tristesse dans laquelle me plongeait ma désertion familiale, il y verrait une preuve de mon appartenance encore plus solide que si j'avais, au nom même de cette appartenance, refusé catégoriquement de relever son petit défi.

Ou encore, je pourrais *créer* à partir de la situation. Me faire moi-même l'observatrice de ce Noël non fêté. Le dessiner. L'enregistrer. Divaguer dans Palerme en prenant des photos, interviewer les rares passants, puis commenter sur Skype avec Serguei les différentes modalités de cette fête vécue en creux, de cette ville traversée comme un non-lieu ; penser en temps réel ce temps irréel ; transformer l'absence d'expérience en expérience de l'absence. À cette idée, je reconnus une excitation déjà éprouvée, au cours de mes brillantes études, chaque fois que je trouvais le moyen de m'amuser en ne faisant que ce qui me plaisait tout en donnant à l'institution l'impression que je travaillais dur et que je lui obéissais, que je respectais ses petites règles de merde, que je me

pliais à ses lois iniques, tout simplement parce que je lui *parlais dans sa langue*. C'est mon côté Mata Hari : depuis toute petite, j'adore me déguiser. Cependant, il était difficile de trancher entre ces différentes perspectives, car la légèreté de mon humeur, en ce matin du 23 décembre, était telle que j'aurais voulu pouvoir contourner Noël de toutes ces manières à la fois.

On dit souvent qu'il faut savoir choisir, et que choisir, c'est renoncer. Il semble que cette règle ne s'applique pas aux chats. À voir la façon dont Souris me regarde, de telles questions lui sont étrangères, et mon embarras devant la multiplicité des options ne lui inspire rien d'autre que de la pitié. J'apprécie moyennement. C'est peut-être orgueilleux de ma part, je devrais sûrement goûter le fait d'être l'objet de la condescendance de cet être précaire et inutile dont la survie dépend entièrement de mon caprice, me sentir honorée du fait qu'il me gratifie d'un regard turquoise dans le reflet duquel je suis invitée à me sentir une personne très ordinaire, mais là, j'ai plutôt envie d'ouvrir la fenêtre et de le pousser dans le vide pour voir s'il voltige aussi gracieusement que la neige. La seule chose qui me retient, c'est de savoir que les chats retombent toujours sur leurs pattes. Ils ont ce point commun avec les structures narratives de Boccace, la rotation de la Terre, la Démocratie chrétienne et Serguei Ivanovitch Dumollard. Je ne sais pas si je les envie. Je ne veux pas dire que je me demande si leur condition est enviable, évidemment elle l'est, pour qui en douterait je peux citer l'exemple d'un certain nombre de chutes à l'issue indubitablement fatale : qu'il me suffise d'évoquer les destins tragiques du *Costa Concordia*, d'Herculanum, de Jeanne d'Arc et de Mussolini (je ne parle pas du dictateur, mais des lèvres de son adorable petite-fille Alessandra). Non. Je veux dire que je ne sais pas si le fait de les envier peut m'être d'une quelconque utilité, ou si sa seule conséquence possible est de me rendre malheureuse. En même temps, soyons honnête, je *suis* malheureuse. Ce qui annulerait, d'une certaine façon, les effets négatifs de l'envie. À moins que celle-ci n'ait le pouvoir de me rendre *encore plus* malheureuse. Ce qui constituerait un exploit. Et cependant, le fait d'envier ne pourrait-il pas constituer également un appel d'air vers le dépassement de soi, vers la recherche d'une condition meilleure ? Est-ce que ce n'est pas un signe de désir, donc de perspectives ? Est-ce qu'à partir de la notion d'envie il ne serait pas possible d'établir une sorte de cartographie de la constitution du moi en tant que sujet ? Est-ce que, en égrenant de telles hypothèses, je fais véritablement honneur aux universités italienne et française ? Qu'en penses-tu, Souris ? Non, ne réponds pas. Je n'ai pas besoin de ton point de vue surplombant. Et je n'ai pas besoin non plus de retomber sur mes pattes, tout compte fait ; je laisse ça aux phénomènes cycliques et aux petits-bourgeois dans ton genre.

Il ne pleut jamais très longtemps à Palerme. Et quand le soleil revient, on a l'impression qu'il n'a pas plu pour de vrai, que c'était une farce pour nous faire croire qu'on était en Normandie. Au bout d'un quart d'heure, les trottoirs étaient entièrement secs, et je vis, depuis mon guéridon du café Spinnato, les passants déboutonner leurs manteaux, sans pour autant ralentir le pas ni se défaire de leurs expressions électrisées. Je me demandais comment considérer ce spectacle. Contrairement à Souris, je ne trouvais la position de surplomb ni confortable ni naturelle, et je n'étais pas certaine de me sortir de cette histoire honorablement. C'est-à-dire intelligemment. Pour cela, il me fallait faire toute la place à la complexité, c'est-à-dire à ce qui n'est ni résolu, ni compris, ni formulé, ni circonscrit, ni comparé, mais nouveau et mystérieux. Ce qui voulait dire convoquer l'enfant curieuse au fond de moi. Pas la doctorante, pas la locataire qui voulait une douchette, pas la fauchée qui achetait des cannoli chez Fauchon, pas l'Italienne à Paris, pas la Parisienne à Palerme, pas même le coup d'un soir de Serguei Jean-Michovitch, non. L'enfant. Vivre cette histoire comme un jeu. Et ne pas oublier que le jeu est la chose la plus sérieuse du monde.

Tout en conduisant cette méditation, je me rendais compte que j'évoluais dans un semi-brouillard, consécutif au choc de me retrouver soudain à Palerme après trois mois épuisants passés à me prendre pour Simone de Beauvoir, c'est-à-dire à me nourrir exclusivement de fruits secs et de carrés de chocolat, le nez collé aux bouquins et le cul cimenté à une chaise de la bibliothèque de la Sorbonne. Je venais de commencer ma thèse de doctorat. Autant dire que j'avais maille à partir avec le chaos. Et que c'était nerveusement éprouvant. Et qu'il est inutile d'insister, je n'évoquerai pas ici le sujet de ma thèse. Qu'il suffise de savoir que j'avais emporté mon ordinateur pour être à même de continuer à travailler pendant ces vacances, mais que ce 23 décembre, l'appareil de torture était gentiment resté dans sa sacoche pour que je puisse déambuler à loisir dans ma ville natale en mangeant des glaces et des petits sandwichs aux poumons de veau.

Dans les histoires horribles, c'est justement lorsque le héros commence à être un peu fatigué qu'un nouveau bruit inquiétant se fait entendre. Des coups sourds et répétés. D'où viennent-ils ? Il n'y a personne dans la maison ; la caméra avance le long d'un couloir de plus en plus sombre, ralentit devant l'entrée de chaque pièce, semble hésiter, continue, et soudain se fige devant une porte. Ça vient de la cave. Battements de cœur.

Sensation d'étau qui se resserre. Le bruit ne peut pas venir d'ailleurs, mais la transformation du champ des possibles en goulet d'étranglement n'est pas totale : il reste une décision à prendre. Descendre ou ne pas descendre. Aller au-devant de l'ennemi ou attendre qu'il vous trouve. De même, lorsque retentit la sonnerie de mon smartphone, je reconnus immédiatement le nom sur l'écran. Il me fallait maintenant choisir entre deux attitudes : me farcir Tommaso tout de suite, ou m'octroyer encore quelques instants de paix.

IX

J'adore mon frère. Je l'aime d'un amour délicieux et honteux, un peu comme un musicologue qui saurait par cœur tout le répertoire de Laura Pausini. Amoureuse de complexité, j'apprécie la manière trivialement binaire dont il s'incarne, je savoure son côté « ce n'est pas parce qu'on rédige un mémoire sur Pic de la Mirandole qu'on doit se laisser battre au quatre cents mètres papillon », j'aime en lui l'hétéro-beauf qui se met de la crème hydratante d'une main et se gratte l'entrejambe de l'autre, le minet avec Ray-Ban en serre-tête au volant d'une Fiat 500 des années quatre-vingt-dix qui sent le vieux chien, sans oublier l'anti-mafia qui trouve que Saviano donne une trop mauvaise image du Sud. Je ne l'excuse pas, je le contemple. J'admire sa dignité dans le renoncement. Il est l'intellectuel raté le plus classe d'Italie. Voire d'Europe. Quand je le regarde régner sur la piscine municipale, assis comme un prélat sur son fauteuil en plastique, jouant du bout de l'orteil à balancer avec grâce sa tong Havaianas® rongée par le chlore tout en hurlant sur les générations futures, j'espère que moi aussi, je saurai rester digne à l'issue de mon doctorat. J'aimerais, sur son exemple, faire penser à une reine quand je travaillerai à la caisse du Carrefour Market de la rue Serradifalco. En attendant, j'ai beau adorer Tommaso, je dois reconnaître que sa fréquentation ne me fait pas de bien. À son contact, je décline. C'est d'abord ma fierté qui en prend un sacré coup, ensuite mon amour-propre qui fond comme neige au soleil ; quant au simple fait d'exister, au bout d'un quart d'heure je n'ai plus aucune idée de ce que cette notion peut bien recouvrir. Et une fois qu'il est parti, je mets une semaine à retrouver une image de moi-même supportable, c'est-à-dire complètement fausse.

Car le problème ne vient pas de lui.

Le problème, c'est moi. Je ne me vois pas comme je suis. En fait, je me raconte depuis toujours un tas d'histoires à mon sujet. Et j'ai tellement d'imagination que je finis par croire moi-même à ces histoires, et à me conduire en conséquence. Ce n'est que face à Tommaso que je suis rappelée à la réalité. Lui seul a le pouvoir de me dessiller. La vraie Francesca, il la connaît. La vraie Francesca, c'est cette petite fille qui joue à essayer les chaussures à talons de sa maman pour avoir l'air d'une dame, et qui passe son temps à répéter les mots des grands dont elle ne connaît pas le sens, en espérant – qu'elle est mignonne ! – que les autres vont s'y tromper. La vraie Francesca n'a aucune idée du monde dans lequel on vit, ce vaste monde bien trop compliqué pour les petites filles. La vraie Francesca a besoin de câlins.

De bisous, de s'endormir dans les bras. Par ailleurs, elle ne manque pas de qualités. Il faudrait juste qu'elle arrête un peu de vouloir qu'on la trouve intéressante, exister, obtenir des diplômes, aller vivre en France, quelle idée ? En même temps elle est drôle, on est souvent désarmé par ses simagrées, son entêtement à être prise au sérieux, mais oui ! Tu es grande maintenant, tu fais du vélo sans les petites roues ! Voilà. Tommaso n'est donc pas seulement l'empereur-philosophe de la brasse coulée, il est également un restaurateur de talent, maître dans l'art de retirer les couches de peinture destinées à embellir et à masquer l'objet réel. Il restitue l'image d'origine. Et il ne le fait qu'avec moi. J'ai de la chance. C'est à ça qu'on reconnaît les grands experts, les pointures : ils peuvent passer toute leur vie sur un seul objet, que ce soit le chant VIII de *La Jérusalem conquise* du Tasse, un morceau de vase de la dynastie des Ming ou un satellite de Jupiter – peu importe, ce qui compte c'est d'avoir compris que la Vérité reste inaccessible aux esprits butineurs et dispersés.

Je ne le reconnus pas tout de suite au téléphone – car, oui, j'avais décidé de décrocher, c'est mon côté suicidaire ; sa voix était comme voilée, bizarrement adoucie, légèrement plus aiguë qu'à l'accoutumée, un peu comme s'il venait de changer d'orientation professionnelle pour un secteur plus axé sur l'humain, comme l'escroquerie ou l'organisation de plans sociaux. Il commença par me demander où j'étais, puis proposa que je passe le prendre à la piscine pour qu'on aille déjeuner ensemble. Jusqu'ici, à part sa voix d'hôtesse d'accueil, rien que d'assez ordinaire. Mais une chose étrange se produisit ensuite : il se reprit. Tommaso Randazzo se corrigea. Il ajouta d'une voix empressée :

– Mais je peux aussi bouger, ne t'embête pas ! Tu dois être fatiguée du voyage. Je vais venir, bien sûr ! Où es-tu ?

L'homme que je vis entrer vingt minutes plus tard ressemblait physiquement à mon frère : de taille moyenne, le front à peine dégarni, les yeux d'un vert perçant, le teint mat, la barbe de trois jours et, surtout, la tenue vestimentaire d'un analyste financier, en application de l'évangile selon Tommaso dans lequel il est écrit que la vulgarité, c'est de porter l'uniforme correspondant à sa fonction. Comme mon frère, il resta d'abord dans l'embrasure de la porte à se gratter la nuque, mit ensuite de longues secondes à m'identifier parmi les clients du café, puis, quand ce fut fait, manifesta à peu près le même niveau de joie que si j'avais été la borne de paiement d'un parking. Comme lui, il se dirigea vers moi à regret, me serra dans ses bras le plus fort et le moins longtemps possible, s'assit face à moi en cherchant le serveur des yeux, lui fit signe et lui commanda un café d'un ton comparable à celui du propriétaire d'une plantation du Vieux Sud s'adressant à son esclave.

Mais ce ne fut pas le regard de mon frère qui se posa sur moi. Pas du tout. Ce fut celui d'*un* frère : à la fois protecteur, farceur et affectueux, empreint d'une discrète nuance d'inquiétude, un regard qui vous fait confiance mais qui se demande quand même si vous allez bien, si vous allez *vraiment* bien. Un regard proprement incroyable, bien que parfaitement assorti à la voix caressante que j'avais découverte au téléphone et qui, à nouveau, m'enveloppa de volutes sucrées au beau milieu du café Spinnato ; mais au lieu de dire, comme on aurait pu s'y attendre, « En cas de dépressurisation de la cabine, des masques à oxygène tomberont automatiquement devant vous », l'étrange voix de cet étrange frère se mit à parler de choses étranges.

– Francesca, commença-t-il, je pense souvent à toi, tu sais.

Je ne le savais pas. À vrai dire, je ne m'en serais jamais doutée. Mais avec cette voix, avec ce regard, tout semblait si simple et si évident que je songeai immédiatement : « En fait, oui, je le sais. Simplement, avant qu'il ne me le dise, je ne savais pas que je le savais. »

C'est sans doute ainsi que Mussolini est parvenu à transformer des millions d'Italiens en adorateurs : il ne les a pas convaincus ni convertis, non ; il leur a donné l'impression qu'ils avaient toujours été fascistes, que simplement les mots pour le dire leur avaient manqué jusqu'à ce qu'ils les entendissent prononcés par lui. On ne détruit bien la dignité de quelqu'un qu'en la lui faisant ressentir comme il ne l'a encore jamais ressentie. Ce fut donc sans tomber à la renverse que j'appris ensuite que Tommaso trouvait qu'on ne s'était pas assez souvent parlé ces dernières années, mais que c'était sa faute, qu'il ne s'était sans doute pas montré suffisamment à l'écoute ni disponible pour sa sœur. Là-dessus il se figea, les yeux toujours plongés dans les miens, laissa un sourire affleurer à ses lèvres, se pencha vers moi et, après avoir regardé autour de nous comme si l'endroit était truffé d'espions, me glissa :

– Ils sont tous complètement horrifiés mais moi, je te comprends très bien.

J'ai un problème dans la vie. Un problème de traitement des informations. Je les reçois en temps réel, je les comprends, je suis tout à fait capable de les hiérarchiser, mais je ne sais pas en traiter plusieurs à la fois. Et si je ne sais pas le faire, c'est parce que pour moi, le traitement de l'information doit se faire avec un minimum de méthode. En apprenant qu'ils étaient tous complètement horrifiés et que Tommaso me comprenait, je commençai donc par me demander pourquoi ils étaient tous complètement horrifiés, la phrase en elle-même ne permettant pas de l'établir, puis je me demandai ce que recouvrait précisément ce « tous » auquel mon frère faisait référence, puis j'en arrivai à l'interrogation principale : pourquoi étaient-ils tous horrifiés *sauf* Tommaso ? J'allais le prier de m'éclairer sur ces différents points, mais il ne m'en laissa pas le temps et répéta que même s'il me comprenait très bien, il n'avait pas le droit de m'approuver. Et il n'en avait pas le droit, pourquoi, parce que philosophiquement, même si la posture que je prenais se rattachait à l'idée mirandolienne de plasticité et de souveraineté de l'homme sur lui-même, elle négligeait de faire la part de l'autre, et que si j'avais lu Hegel, j'aurais été à même de comprendre Autrui d'abord comme condition pour accéder à une distance par rapport à soi. En d'autres termes, j'avais peut-être raison *pour moi* de ne pas vouloir fêter Noël, mais j'avais tort dans un rapport avec moi *conditionné par Autrui*, c'est-à-dire par maman, qui ne me le dirait jamais parce qu'elle ne voulait pas jouer les mères siciliennes de base et que pour elle ce qui comptait d'abord c'était ma liberté, mais, justement pour cette raison, Noël représentait pour elle un espace symbolique, un petit espace où le partage de l'affection pouvait s'exercer librement. Noël, c'était le seul moment de l'année où elle n'avait pas à s'excuser d'être une mère, et d'avoir un cœur. Est-ce que je pouvais balayer tout ça d'un simple revers de main ?

Oui.

Ce fut lui qui répondit oui. Lui, cet homme qui se faisait passer pour mon frère au milieu de l'Antico Caffè Spinnato. Oui, je pouvais balayer ça d'un simple revers de main car, grâce à notre mère qui m'avait voulue libre, eh bien je l'étais, libre ; de tout, et même de la nier, c'est-à-dire de refuser ce que j'étais moi-même ; car qu'étais-je, sinon le résultat de l'idée que notre mère se faisait de la liberté ? Notre mère que je méprisais, et qui avait certainement l'élégance incroyable, la grandeur héroïque de donner l'impression qu'elle m'approuvait, qu'elle trouvait cette trahison formidable, alors que ça lui faisait *énormément de peine*. Et cependant, il pouvait admettre qu'on ressente le besoin d'échapper à ça. Il me comprenait. Lui-même avait souvent eu envie d'en faire autant ; oui, j'aurais sans doute été surprise de découvrir à quel point Noël, dans le fond, ça le faisait chier ; il ne me l'avait jamais dit, mais il ne digérait ni le hareng fumé ni les crispelles de Catane ; bref, soupira-t-il, si j'avais suivi sa voie au lieu de gâcher mes capacités intellectuelles dans la littérature, j'aurais su ce qu'était l'impératif catégorique de Kant et j'aurais eu des outils pour comprendre la nécessité de placer parfois quelque chose au-dessus de mes « petits besoins primaires ».

Je gardai mon sang-froid.

Je fis calmement savoir à Tommaso que moi aussi, j'avais lu Hegel, que je n'avais besoin d'échapper à rien et que je n'avais pris cette décision ni par mirandolisme, ni par antikantisme, ni pour causer le moindre chagrin à la grande chose blonde qui nous servait de mère et qui, sans vouloir le contredire, n'avait jamais eu le moindre talent pour la comédie, de sorte que j'étais en mesure d'affirmer avec la plus grande certitude qu'elle se foutait éperdument de ce que j'allais faire demain soir.

– Mais qu'est-ce que tu vas faire, demain soir ?

Là, je le remerciai. C'était une excellente question, qui ne pouvait venir que d'un être exquis, car elle dénotait un véritable intérêt pour l'autre, doublé d'une chouette curiosité, et à laquelle je répondis qu'il s'agissait d'une mission diplomatique. J'entendais, à travers cette expérience, montrer à la France qu'elle n'avait pas le monopole de l'atomisation sociale et de la décadence, que chez nous aussi on savait piétiner les fondamentaux, qu'on n'avait pas attendu ces bouffeurs de grenouilles et de curés pour ça, et là, je m'enflammai :

– On ne peut tout de même pas les laisser continuer de penser que nous ne sommes qu'une peuplade soumise et arriérée ! Il en va de notre dignité à tous : la tienne, la mienne, celle de nos parents, et celle de soixante millions de citoyens, depuis les plages de Lampedusa jusqu'aux cimes du Trentin-Haut-Adige ! Sortir une nation tout entière de l'humiliation, mon petit, voilà ce que je place au-dessus de mes petits besoins primaires.

On ne dit pas « mon petit » à Tommaso Randazzo. Personne sur terre ne fait ça. C'est en voyant noircir les prunelles qui me faisaient face que je pris la mesure de mon outrecuidance, comprenant que, soit mon vrai frère était en train de réintégrer ce corps, soit – hypothèse plus vraisemblable – il ne l'avait jamais quitté et sa gentillesse n'avait été qu'une ruse pour me faire abattre mes cartes ; auquel cas sa victoire était assurée, car, je le confesse, j'ai deux points communs avec les lectrices de *Grazia* : je déteste avoir les ongles écaillés, et mon plus gros défaut c'est la franchise.

J'attendis la riposte avec appréhension.

Une dizaine de secondes passèrent, durant lesquelles deux individus se disputaient l'occupation du même corps : après m'avoir fusillée du regard, il sourit à nouveau gentiment, puis à nouveau le regard s'éteignit, et ainsi de suite, jusqu'à ce que le vrai (que je reconnus au soupir d'ennui profond qu'il adoptait généralement avant de se résoudre à m'adresser la parole, de manière à neutraliser en moi la moindre ambition de faire partie de l'espèce humaine) déclarât :

– Pff... de toute façon, cette année, tout est merdique. Les parents ne savent toujours pas ce qu'on mangera au réveillon, ça va être encore le combat de coqs jusqu'à l'apéritif, le 25 c'est le tour de tante Monica d'inviter, ce qui veut dire messe à la télé, sfincione à moitié froid et limoncello discount pour tout le monde, super, moi je viens de changer les pneus de ma voiture et de payer mon inscription à un cours de méditation pleine conscience, donc je n'ai plus un rond, donc je vais être obligé de faire des cadeaux minables, et en plus, attends, je regarde le temps qu'il fera, évidemment y a pas de réseau ici putain, fait chier, ah si, voilà... ben voilà, c'est ce que je disais, il va pleuvoir toute la semaine. Ce qui serait bien, ce serait qu'on s'occupe du réveillon, toi et moi. Ça évitera à papa et maman de s'entre-tuer, et on pourrait en profiter pour innover un peu, tu as des idées ? Je sais pas, des trucs qu'on mange en France à Noël ? Tu réfléchis à ça et tu me rappelles ? Il faut que j'y aille, j'avais complètement oublié mais j'ai un déjeuner, à plus tard ma belle, embrasse les parents, ciao.

X

Quand il eut disparu, je mis un long moment à réaliser ce qu'il venait de m'arriver. Avais-je bien entendu ? Mon frère venait-il de m'appeler « ma belle » ? Oui. Il avait dit « à plus tard ma belle », et il était parti en courant. J'avais traversé bien des épreuves dans ma vie, mais j'eus beau chercher, aucune ne m'avait préparée à celle-ci. Je sentis remonter les bastoncini. Pour ne pas vomir, faute de pouvoir rattraper Tommaso et lui enfoncer une paire de ciseaux dans la bouche, je tentai de cesser de trouver l'appellation « ma belle » ignoble ; chose impossible ; aussi pris-je la décision, quitte à faire injure à la déesse Vérité (mais qui aime bien châtie bien), de ne pas en faire mention lors de mon futur compte rendu détaillé des événements à Serguei Jean-Michovitch. En revanche, il me serait difficile de passer entièrement sous silence la teneur des propos de mon frère, et encore plus difficile de soutenir que ceux-ci ne faisaient pas s'écrouler la description que j'avais faite de ma famille lorsque j'avais prétendu qu'elle échappait complètement au phénomène de l'appartenance.

Dans les histoires horribles, le spectateur identifie toujours le mal avant le protagoniste. Il le regarde descendre prudemment les escaliers de la cave et s'écrie : « Non, n'y va pas ! Je t'assure, c'est une très mauvaise idée ! Il est encore temps de faire marche arrière ! » Mais ces avertissements sont inutiles, non seulement parce que le personnage se croit seul et n'entend rien de ce qu'on

lui dit, mais parce que s'il entendait, il ne comprendrait pas ; le bruit étrange qui l'attire en bas, il l'identifie à sa façon : il croit, par exemple, qu'une souris a fait tomber quelque chose en se faufilant sur une étagère de la cave, ou qu'il a mal fermé une porte et qu'un courant d'air la fait grincer. Moi aussi, je me mis à croire des choses. Et comme je suis plus créative que le protagoniste d'une histoire horrible, je ne me contentai pas de petites suppositions raisonnables. Je convoquai mon imaginaire. Qui est débordant. Je réfléchis au comportement de ma sœur durant le petit déjeuner, puis à celui de mon frère dans ce café, et j'en déduisis que, d'une manière ou d'une autre, pour des raisons mystérieuses qu'il m'appartenait de découvrir, Chiara et Tommaso avaient *décidé* de saboter l'idée que je me faisais de notre famille. Pourquoi ? Peut-être avaient-ils des éléments nouveaux qui contredisaient cette idée. Ou peut-être partageaient-ils au contraire cette idée au point de douter du fait que moi, je la partageais. Ou peut-être avaient-ils eu vent d'un bruit selon lequel j'étais sur le point d'instrumentaliser cette idée de notre famille à des fins personnelles. Peut-être voulaient-ils empêcher que leur image soit utilisée pour me valoriser aux yeux d'un tiers en territoire étranger. Ou peut-être voulaient-ils bénéficier, eux aussi, de cette exploitation. Peut-être voulaient-ils être les seuls à en bénéficier. Peut-être s'agissait-il d'un avertissement. Peut-être que la prochaine étape serait de me couper un doigt et de l'envoyer en recommandé à Serguei Jean-Michovitch.

Ne pouvant vérifier ces hypothèses, je choisis l'option du déni. Cette option m'était dictée en partie par la terreur et en partie par l'expérience, Tommaso ayant toujours été maître dans l'art de me faire passer des moments horribles sans jamais les traduire en actes, étant donné que dans les trois minutes qui suivaient, mon insignifiance à ses yeux reprenait le dessus, de sorte qu'il ne se rappelait plus du tout avoir adressé la parole à quelqu'un. Je choisis donc de conclure de cette conversation avec mon frère qu'il n'y avait pas eu de conversation avec mon frère, et qu'il n'était venu s'asseoir en face de moi que pour prononcer la phrase « à plus tard ma belle » assez fort pour que la honte me submerge au milieu du café Spinnato. Et je décidai de rentrer déjeuner.

Tout en cheminant au soleil, je continuai de songer à l'attitude de Tommaso. Je me demandai s'il n'était pas en train de devenir fou. Ce qui jouait en faveur de la thèse de la folie, c'était d'abord le fait qu'il avait changé les pneus de sa voiture. On peut changer les pneus d'une voiture, bien sûr, mais ceux de *cette* voiture, on ne peut pas, tout simplement parce que cette voiture ne vaut pas le prix d'un pneu. D'un autre côté, il m'avait dit qu'il venait de payer son inscription à un cours de « méditation pleine conscience », ce qui semblait témoigner d'un souci de soi, d'une recherche d'équilibre qui plaidait en faveur de la santé mentale. Mais que savais-je de la « méditation pleine conscience » ? Rien. Je fus tirée de mon ignorance grâce à mon smartphone et à l'excellente couverture 4G du centre historique de Palerme. La « méditation pleine conscience » est une pratique issue du bouddhisme, qui vise à « réduire le stress », à évacuer les « énergies négatives » et à prévenir les rechutes dépressives au moyen d'une « reconnexion avec le moment présent » par les sensations du corps. Sur les portails, elle apparaît dans les rubriques « bien-être » et « développement personnel ». « Développement personnel ». Les deux mots se mirent à clignoter sur mon écran. Et soudain, comme par magie, je me retrouvai toute nue dans mon lit, à Paris, un mois plus tôt, en train de regarder Serguei Ivanovitch Dumollard me caresser les fesses tandis qu'il dissertait sur les raisons pour lesquelles ça ne pourrait pas aller plus loin entre nous.

Il me disait qu'il était désolé, mais qu'il avait absolument besoin de Mathieu pour aller bien. Et il me disait que les raisons en étaient précisément tout ce qui lui avait d'abord inspiré le plus grand mépris à son égard. Par exemple, le yoga. Là, son regard s'était figé. Sa main aussi, car il avait levé l'index :

– Attention, Francesca. Je n'ai rien contre le yoga. Ce n'est pas le yoga en soi qui me dérange. C'est l'*idée* du yoga.

Je plissai les yeux, intriguée, et demandai à cet homme délicieux ce qu'il entendait très exactement par « idée du yoga ». Il me raconta alors qu'après leur première nuit, enlacé avec Mathieu comme il l'était à présent avec moi, et tout en lui caressant également les fesses, il lui avait posé des questions sur son travail de statisticien, et que Mathieu lui avait répondu dans un langage très curieux où revenaient incessamment des expressions telles que « en termes de », « faire sens », « on entend beaucoup parler de », « impacter », « au niveau de la hiérarchie », « process », « gestion de l'humain » et « moi je préfère parler de ». Ce langage, c'était le *jargon du monde du travail.* Et grâce à ce jargon du monde du travail, Mathieu s'était longuement ouvert à Serguei des difficultés qu'il avait rencontrées dans son parcours, *en termes de gestion de l'humain*, et des pressions qu'il avait pu subir *au niveau de la hiérarchie*, et du prix à payer pour faire évoluer les *process*, et de la façon dont ça avait fini par *impacter* son moral jusqu'au jour où une collègue lui avait dit : « Pourquoi tu ne fais pas du yoga ? ». Alors, tout avait changé pour Mathieu. Il avait *appris à respirer.* Il avait *appris à gérer son stress.* Il avait *appris à être à l'écoute de lui-même.* Grâce au yoga, il s'était engagé dans un *process* de réalisation de soi en douceur, dans l'harmonie ; aujourd'hui on entendait beaucoup parler de bien-être, lui il préférait parler d'harmonie, d'harmonie entre le corps et l'esprit ; ça lui avait permis de se connaître mieux ; de travailler mieux ; de savoir que, quoi qu'il advînt, un soir par semaine, toutes ses *énergies négatives* se transformaient en un flux de conscience *relié au cosmos* par le biais de la posture de la *tortue à l'envers*. Et maintenant, Mathieu animait lui-même un cours de yoga. Il avait fait la proposition au comité d'entreprise de son institut de sondages, et ça avait été accepté, et toutes celles et ceux qui fréquentaient son cours lui disaient que ça leur apportait énormément, et qu'*en termes* d'équilibre, ça *faisait sens*.

Serguei m'avait cité les propos de son compagnon avec une expression particulière, le genre d'expression qu'aurait un tueur en série en plein effort pour convertir ses pulsions de meurtre en amour chrétien. Comme je lui demandais pourquoi cette répugnance, il me regarda avec effarement, puis soupira et répondit :

– Parce que je m'étais endormi dans les bras d'un type, et que je me réveillais dans les bras d'un stéréotype.

Il m'expliqua alors que tout, dans la vie de Mathieu, devait obéir à une espèce de charte de l'« individu complet », que pour Mathieu l'existence revenait à la réalisation d'une recette à laquelle ne devait manquer aucun ingrédient. Il y fallait le travail, et dans le travail un certain taux de difficulté pour qu'il y ait un enjeu stimulant, mais pas trop, sinon ça devenait pathogène, et aussi un certain taux d'épanouissement pur, c'est-à-dire de plaisir sous toutes ses formes : bonheur de la chose bien faite, joie des pots de départ et des séminaires d'intégration, émotion des petits gestes entre collègues ;

il fallait l'amour, qui devait être à la fois stable et inventif, qui devait se construire dans le respect de l'espace de l'autre tout en pratiquant certaines activités en couple et en apportant régulièrement de la fantaisie aux rapports sexuels ; il fallait les liens sociaux, à la fois confiants et vigilants en ce qui concernait la famille qui devait soutenir sans dévorer, et à la fois libres et attentifs en ce qui concernait les amis pour qui on devait être présent pour se détendre ensemble mais aussi dans les coups durs, et à qui on devait pardonner leurs petits défauts ; il fallait les vacances, qui devaient contenir une certaine quantité de *farniente* pour décompresser, de sport pour se refaire une santé, de ruines pour se cultiver ; et il fallait le DÉVELOPPEMENT PERSONNEL, de façon à se changer soi-même puisqu'on ne peut pas changer le monde, ce qui passait par des pratiques telles que le yoga ou la méditation, mais aussi par l'action caritative qui représentait un enrichissement de l'âme ; de fait, Mathieu réservait une demi-journée par mois au tri des vêtements dans une association de bienfaisance. Et ainsi, Mathieu allait bien. Mathieu faisait partie de ces gens qui voient l'existence comme un formulaire dont un certain nombre de cases doivent obligatoirement être cochées, une liste de conditions qui, si elles sont remplies, constituent le Bonheur. Ensuite, vivre se réduit à la protection de ce Bonheur contre les agressions extérieures de toute nature. Contre l'aventure sous toutes ses formes. Contre l'inquantifiable. Contre l'inconnu. Contre l'inattendu.

Voilà ce qui avait horrifié Serguei chez Mathieu. Et dix ans plus tard, c'était précisément ce qui l'attachait à lui.

– Ma vie avec Mathieu est une succession de petites habitudes ridicules ; on peut parler de routine, mais moi je préfère parler de « rituels ». Par exemple chaque matin, nous prenons le petit déjeuner ensemble, et Mathieu m'épluche religieusement un fruit de saison qu'il a choisi sur les étals du maraîcher bio du boulevard Pasteur, et il me le sert sur une petite soucoupe, toujours la même, un peu ébréchée sur les bords, car il sait que je la préfère aux autres. De mon côté, je lui présente le coffret de capsules d'expresso en lui demandant « Monsieur a fait son choix ? » d'un ton exagérément servile, suite à quoi il me répond qu'il s'en fout avec un dédain aristocratique très mal joué, mais c'est justement ça qui me fait fondre. Le dimanche soir, pour nous consoler de sentir le week-end toucher à sa fin, nous remplaçons systématiquement le dîner par une grande casserole de bouillie au chocolat régressive que nous dégustons sous un plaid en regardant un film. Nous aimons revoir toujours les mêmes films, surtout des comédies comme *Le Père Noël est une ordure*, qui ne me faisaient pas tellement rire au début, à vrai dire j'ai mis des années à m'y faire, étant pour ma part friand des classiques américains du meilleur goût tels que *La Party* et *Certains l'aiment chaud*, mais j'ai appris à les apprécier, tout comme j'ai appris à goûter Verdi et Céline Dion après n'avoir juré toute ma jeunesse que par Wagner, ce qui, j'en ai conscience à présent, était un peu une pose de ma part. Longtemps, nous sommes allés courir ensemble chaque samedi à onze heures précises dans le jardin du Luxembourg, à présent je suis fragile du dos et nous avons donc remplacé le footing par la natation, toujours le samedi à onze heures, toujours à la même piscine, chacun dans la même travée, lui « crawl/dos » et moi « nage libre », après avoir enfermé nos vêtements toujours dans les mêmes casiers, le 83 et le 81, parce qu'il est né en 83 et moi en 81. Tous ces petits cérémoniaux me donnent un sentiment de sécurité dont j'ai absolument besoin. Avant de rencontrer Mathieu, je vivais dans la terreur de l'effondrement. Chaque ligne que j'écrivais, chaque copie que je corrigeais, chaque aliment que j'ingurgitais risquait de bouleverser le mystérieux équilibre qui me faisait miraculeusement tenir debout, et de me plonger dans l'inconnu, c'est-à-dire la nuit, c'est-à-dire le danger, de sorte que je ne connaissais jamais le repos. Jamais je ne me sentais à l'abri. Wagner et Billy Wilder ne pouvaient rien pour moi. À tout instant, mon petit monde risquait de basculer dans une forme de déchéance ou de consomption, quelque chose d'abominable dont j'ignorais tout mais qui m'engloutirait. Et maintenant, grâce à ce grand garçon mou et gentil qui commence la moitié de ses phrases par « selon une étude », je connais l'ennui mortel et je me sens en sécurité.

Il avait détourné la tête. Que lui avais-je fait ? Avais-je merdé quelque part ? Ce monologue était-il une manière subtile de me signifier qu'il avait faim, et que j'aurais été gentille de lui présenter une pomme certifiée agriculture biologique découpée en pétales dans une soucoupe vintage ? Voulait-il qu'on écoute un peu de Céline Dion ? Pourquoi me racontait-il tout ça ?

– Je te raconte tout ça, Francesca, pour t'expliquer qu'il y a l'idée, et il y a la chose. Même si j'étais horrifié par l'*idée* que Mathieu se fait de l'existence – et je le suis encore aujourd'hui –, la *chose* me convient. Mathieu m'a appris à vivre la vie au lieu de me la représenter. Il m'a appris à faire au lieu de me regarder faire. Il m'a appris à transformer la béance en efficience, le vide en plein, la rumination en action, l'angoisse en bonne fatigue. Il m'a appris la simplicité. Moi aussi, maintenant, je coche des cases. Et je le fais avec plaisir. Malgré ma grande intelligence. Malgré mon goût incorrigible pour l'analyse et l'élaboration. Malgré l'horreur que m'inspirent, non les « petites joies de l'existence » qui sont belles, innocentes et merveilleuses, mais leur *idée*. Leur *appellation*. Moi aussi, j'ai besoin, pour aller bien, d'un travail épanouissant, de sport régulier, de vacances variées, d'harmonie familiale, d'amitié joyeuse et de charité bien ordonnée, ce n'est que leur nom qui me gêne. Et de développement personnel, oui, de cela aussi j'ai besoin. Bien sûr, le terme m'est insupportable, alors je le contourne, je préfère parler d'*esthétique de l'existence*, je préfère me dire que je décide, selon la proposition foucaldienne, de considérer la vie individuelle comme une œuvre d'art qu'il s'agit d'élaborer, de parfaire et de protéger, comme le lieu par excellence où l'on se doit d'appliquer des valeurs esthétiques ; et puisque ma lombalgie m'interdit le yoga, j'ai proposé à Mathieu d'entamer une thérapie ensemble, ce qui va me permettre de cocher enfin la case « développement personnel » tout en travaillant à la « construction de mon couple », ainsi mon bonheur sera complet. Car le bonheur est dans la chose, non dans l'idée. Je te vois sourire. C'est normal, tu es jeune, tu ne sais rien de la vie. Un jour, tu comprendras.

Il se trompait. J'avais déjà compris : Serguei ne pensait pas un mot de toutes ces conneries, simplement il n'assumait pas celle qu'il venait de faire en couchant avec moi. Et je trouvais ça dommage. Je trouvais que ça avait été une belle connerie, une connerie même assez exceptionnelle. Je trouvais qu'en appliquant à nos étreintes des valeurs esthétiques telles que le mordillement, le titillement, le va-et-vient, le mélange des saveurs et des odeurs, nous n'avions fait rien d'autre que passer la nuit à réconcilier la chose avec l'idée tout en traitant nos propres vies comme des œuvres d'art. Mais je n'étais plus alors qu'un corps exténué, j'avais à peine l'énergie nécessaire à me retenir encore un peu d'aller faire pipi pour prolonger la sensation de cette main qui me caressait distraitement. Je savais qu'en ne répondant pas, je condamnais cet homme. Je savais que j'étais peut-être la seule à pouvoir encore le sauver de l'embaumement auquel il prétendait aspirer, l'arracher à l'enfermement pour toujours dans une vie guidée par la terreur, mais voilà : j'avais la flemme.

XI

En marchant vers la rue Serradifalco, je repensais à Serguei Jean-Michovitch dissertant dans mon lit, et je repensais à Mathieu et à son idée du yoga, et je repensais à Tommaso et à son cours de méditation. J'avais déjà abandonné Serguei à son destin, à présent je me voyais sur le point de laisser mon frère tomber à son tour, quand soudain j'eus une vision : j'allais prendre la prochaine rue à droite, courir jusqu'au quartier Montepellegrino, faire irruption dans la piscine municipale, foncer à travers les vestiaires en bousculant toutes les lectrices de *Grazia* que je pourrais, traverser le pédiluve en mouillant mes chaussures et aller me planter devant le bassin de cinquante mètres où je me saisirais du porte-voix de mon frère pour lui hurler :

– Je t'en supplie, ne fais pas ça ! Pas toi ! Pas la méditation pleine conscience ! Tu n'as aucune idée du danger qu'on encourt à faire ce genre de choses ! Fais demi-tour, il est encore temps ! Ne commence pas à vouloir cocher les cases ! N'essaie pas de remplir les conditions du bonheur individuel, sinon tu es foutu ! Tu finiras par organiser tes vacances ! Tu finiras propriétaire sur la Côte d'Azur, philosophe du dimanche, militant associatif, constructeur de couple, pire : BELLE PERSONNE !

Alors, le maître-nageur descendrait de sa chaise, livide, tremblant, il me prendrait par les épaules en balbutiant :

– Belle personne, vraiment ? Tu crois vraiment ?

Et là je le reconnaîtrais ; là me reviendrait le garçon formidable qui, malgré ses efforts constants, n'était pas parvenu à gâcher entièrement les vingt-quatre premières années de ma vie. J'étais vraiment sur le point de le faire, de prendre mes jambes à mon cou pour voler à son secours, quand soudain, arrivée au croisement de la rue Dante et de la place Virgile, c'est-à-dire très exactement au milieu du chemin de notre vie, je vis se former un attroupement.

Au centre, il y avait trois hommes. Deux qui s'engueulaient, l'un en costume de cadre dynamique, l'autre en tenue de sport, et un jeune Africain assis par terre sur un morceau de carton. L'homme en costume était rouge de colère, il tenait un sandwich qu'il brandissait comme une épée en criant :

– Essaie de m'empêcher, pour voir ! Essaie de m'empêcher !

Et l'autre, le sportif, s'égosillait en écartant les bras :

– Moi, j'essaie de t'empêcher ? Moi, j'essaie de t'empêcher ?

Quant à l'Africain, il les regardait tour à tour, l'air étrangement absent.

Je me renseignai auprès des badauds. L'altercation portait précisément sur le sandwich, que le cadre était venu donner à l'Africain, tandis que le sportif, passant par là en courant à petites foulées, s'était arrêté d'un coup et mis à applaudir très fort en félicitant le cadre d'un air furieux, déclarant que si ce monsieur voulait que toute l'Afrique vienne s'installer en Sicile il n'avait qu'à continuer comme ça, bravo, super, pourquoi il ne donnait pas son sandwich aux Italiens qui crevaient de faim, parce qu'ils n'étaient pas noirs, c'était ça ? Il sélectionnait les pauvres au faciès ? Le cadre était d'abord resté interloqué, puis il avait répondu qu'il n'allait pas se justifier, que ce monsieur était visiblement dans une situation de détresse et que le moins qu'on pouvait faire si on était humain, c'était de lui donner quelque chose à manger ; alors le sportif s'était encore plus énervé, il l'avait traité de bobo, de bien-pensant, d'irresponsable, d'aspirateur à migrants et pour finir de Milanais, ce dernier qualificatif mettant le cadre absolument hors de lui :

– Moi, Milanais ? Moi, Milanais ? Je suis d'ici, okay ? Ça fait quinze générations dans la famille qu'on est ici ! Non mais tu t'es regardé, avec ton survêtement de pédé ? C'est toi qui vas me dire à qui je donne des sandwichs ? C'est toi qui vas me dire où faut que j'aille pisser, aussi ? Et tu vas me la tenir, aussi, pendant que je pisse ?

Alors l'autre était monté d'un cran :

– Tu peux gueuler, je me tairai pas ! Tu m'empêcheras pas de parler ! D'ailleurs tout le monde pense comme moi ici ! C'est à cause des connards comme toi qu'on est dans la merde ! Si les jeunes trouvent pas de boulot, c'est parce que vous faites bosser les Nègres à leur place ! À eux, on donne du travail, et des logements, et des allocs pour être bien sûrs qu'ils restent, pour qu'ils fassent venir leurs quinze bonnes femmes et qu'ils traînent dans les rues et qu'ils dealent de la drogue, résultat ma fille de seize ans elle ose plus sortir toute seule !

Alors le cadre l'avait traité de raciste, puis de fasciste, puis de nazi, puis de bouseux, puis de triste sire, et maintenant ils étaient sur le point de se battre. Le cadre tendait son sandwich vers l'homme assis, et il tendait le poing de son autre main vers le sportif, qui, de son côté, bombait le torse en avançant d'un air menaçant et en annonçant qu'un jour, bientôt, Salvini arriverait au pouvoir et on verrait ce qu'on verrait. Mais soudain, l'Africain se leva. Il ne prit pas le sandwich tendu. Il regarda l'un, puis l'autre, sans expression particulière, puis il se retourna, ramassa son bout de carton et les quelques affaires qui traînaient autour, et s'en alla sans un mot.

Je le suivis des yeux. À cet instant, je ne pensais plus du tout à mon frère, ni à Serguei, ni au yoga. Je me demandais, non pas pourquoi ce monsieur s'en allait sans prendre le sandwich, mais quelle était cette chose qu'il mettait au-dessus du sandwich, cette chose pour laquelle il aimait mieux avoir faim. Ou peut-être cette *idée*. Quelle *idée* il mettait au-dessus du sandwich. Ou au-dessus de l'*idée du sandwich*. Peut-être, oui, peut-être avait-il eu soudain l'impression que ce que le cadre lui offrait, ce n'était pas un sandwich, c'était ce que voulait dire le fait de donner un sandwich à un réfugié africain assis par terre. Ou peut-être était-ce le sportif qui, par son intervention, avait transformé le sandwich en *idée de sandwich*, et qu'alors prendre ce qu'on lui tendait n'avait plus eu aucun intérêt, dans la mesure où une idée ne se mange pas ; ou peut-être jugeait-il qu'en acceptant le sandwich, il serait lui-même devenu une *idée*, car il aurait donné raison au sportif qui prétendait que les réfugiés africains prenaient le pain des Italiens, alors qu'en le refusant, il lui donnait tort. Ou alors, il entendait signifier que la question était ailleurs. Peut-être qu'il allait voir ailleurs s'il y était. En tout cas, ici, au croisement de la rue Dante et de la place Virgile, il n'y était pas ; dans cette forêt féroce et âpre et forte, les deux hommes ne s'étaient pas du tout engueulés à propos de lui, ils s'étaient engueulés à propos de l'*idée de réfugié africain*, ça n'avait rien à voir avec lui, il n'avait rien à voir avec ça.

Lorsqu'il eut disparu, je repris mon chemin et le fil de mes pensées. Ou plutôt, je tentai de reprendre le fil de mes pensées ; mais au lieu de me demander comment voler au secours de mon frère, je me demandai quelle serait la position de l'Africain si je l'interrogeais sur la question du « développement personnel ». Je me demandai s'il aurait eu envie, lui aussi, d'aller sauver Tommaso, ou si au contraire il n'aurait rien vu d'inquiétant au fait de se lancer dans la méditation pleine conscience, s'il aurait trouvé, comme Serguei et Mathieu, que la solution c'est d'essayer de rendre indolore la résignation à ce que la vie ne soit que ce qu'elle est, ou s'il aurait préféré élever le débat, comme il venait de le faire, en s'en allant sans un mot. Mais peut-être qu'il n'aurait rien fait de tout ça. Peut-être qu'il aurait déclaré que mon frère pouvait crever, qu'il n'en avait rien à foutre, que lui tout ce qui l'intéressait c'était de prendre le pain de la bouche des Italiens, de voler leurs emplois, leurs logements sociaux et leurs allocations, sans oublier bien sûr de leur vendre de la drogue et de violer leurs filles de seize ans, comment savoir ? Il était trop tard pour lui courir après, et

je n'aurais pas osé lui demander de s'intéresser à ma problématique ; encore moins lui offrir un sandwich : après ce qu'il venait de se passer, il aurait pu mal le prendre. Ces questions allaient donc rester sans réponse. Mais à cette idée, quelque chose en moi se révoltait. Comment l'accepter ? Il me fallait commencer par apprendre à me résigner dans l'absolu, ce qui n'était pas chose facile, et qui nécessiterait peut-être que je pratique à mon tour le yoga, mais à cela aussi, il fallait d'abord que je me résigne, ce que je ne savais pas faire, de sorte que je me retrouvais dans une impasse dialectique au moment où j'arrivai à la maison.

Je n'aurais pas dû partir en laissant Chiara toute seule dans la salle de bains. C'est ce que je me dis lorsqu'elle m'ouvrit la porte. Elle avait entièrement lissé ses cheveux, s'était maquillée comme une actrice porno, c'est-à-dire avec des tonnes d'unificateur de teint, de mascara et de fard sur les paupières, et portait un débardeur avec écrit « Bitch » ainsi qu'un jean ultra-moulant déchiqueté aux genoux. Quant aux chaussures, elles étaient dorées. « Pourquoi tu me regardes comme ça ? » Je ne savais pas. Je n'avais pas la moindre idée de comment j'étais en train de la regarder. Ça devait ressembler à la façon dont mon chat est en train de me regarder. Elle soupira, tourna les talons – de quinze centimètres – et disparut dans sa chambre. Où je la suivis en lui demandant le plus discrètement possible si quelqu'un d'autre au monde, c'est-à-dire notre mère, l'avait vue sous cette apparence. De manière à éviter un infanticide. Elle se planta devant sa glace et empoigna une pince à épiler avant de me répondre avec indifférence : « Maman bossait encore ce matin, je crois qu'elle n'est pas encore rentrée, et papa… je sais pas, il doit être là. » Je lui demandai si elle entendait s'épiler les sourcils, si elle comptait réellement faire ça, ou si elle avait envie de vivre. Elle haussa les épaules et tira sur un premier poil. Je la suppliai de me dire ce qu'il lui arrivait. Rien. Il ne lui arrivait rien. Simplement, elle avait trouvé sa voie. « J'arrête le lycée, dit-elle en cherchant un deuxième poil à arracher. J'ai décidé de devenir youtubeuse. Ne dis rien aux parents, là je fais des essais mais j'attends le réveillon pour leur annoncer, je les filmerai en même temps avec mon téléphone, ce sera ma première vidéo, j'ai trop hâte. » Youtubeuse. « Oui, chroniqueuse sur Internet, si tu préfères. »

Je savais ce qu'était une youtubeuse. Il m'était déjà arrivé, dans des moments d'extrême fatigue, au bord de l'effondrement intérieur, de me retrouver en train de regarder avec fascination des préadolescents en pyjama disserter sur la nécessité de ne pas faire attention à la médisance qui n'est que l'expression de la jalousie, ou sur cette curieuse petite tache dans le bas d'une vieille vidéo de CNN qui permet d'avoir de sérieux doutes sur la manière dont on nous a toujours présenté les attentats du 11 septembre. J'avais touché le fond, mais je m'en étais sortie. Et j'en étais revenue plus forte qu'avant. Assez, en tout cas, pour regarder en face la décision de ma sœur et en parler avec elle calmement, sans la blesser : « Donc ce que tu veux, c'est devenir une grosse connasse, en fait. »

Souris, je sais que tu es un être délicat. Vraiment, j'aimerais pouvoir te dire que non, je n'ai pas dit ça à ma petite sœur. Ou que je ne l'ai pas dit comme ça. Je suis désolée. Cela n'excuse rien, mais j'étais proprement épuisée par la matinée que je venais de passer, toutes ces émotions, ces réflexions autour de la notion de petit tour en ville, de libre arbitre, d'ennui mortel et de développement personnel, ça m'avait mis les nerfs à fleur de peau. J'ajouterai pour ma défense que le nouveau projet de vie de Chiara n'était pas n'importe quel projet de vie. Elle aurait pu décider de partir vivre en Alaska, d'entrer au carmel, de faire carrière dans la police, voire dans la finance, ça aurait suscité le débat, bien sûr, certainement provoqué un choc dans son entourage, des pleurs, des engueulades, éventuellement une mesure d'internement à la demande d'un tiers, mais ça n'aurait pas posé un problème *fondamental*. Et surtout, Souris, ça n'aurait pas été la pire injure qu'une fille puisse faire à une mère, je veux dire à une mère comme ma mère. Une mère qui ne savait pas marcher sur des talons hauts et qui se sentait déguisée avec du rouge à lèvres. Une mère qui avait passé l'essentiel de son existence à se promener en salopette et vieux tee-shirt, parce qu'elle plaçait devant son propre sex-appeal l'urgence de crier à la face de cette Sicile poilue du torse que les femmes ne sont pas des poupées. Une mère qui se mettait en rage à chaque publication des statistiques sur le plafond de verre et sur le partage des tâches, qui signait toutes les pétitions contre l'excision, le harcèlement sexuel, les violences conjugales, l'inégalité des salaires, qui montait sur des échelles pour écrire à la bombe sur les mannequins des affiches « Ne me ressemblez pas » et « L'anorexie tue », une mère qui, le jour de mes premières règles, m'avait emmenée acheter *Le Deuxième Sexe* à la librairie du quartier – une mère pareille ne pourrait pas supporter ce type de métamorphose chez sa fille, encore moins de l'entendre me rétorquer : « Et alors ? Je trouve ça plutôt cool, moi, d'être une connasse », avant de renvoyer d'un mouvement de tête excessivement langoureux ses cheveux en arrière et de se mettre à la recherche d'un troisième poil.

Selon une étude, dans 62 % des histoires horribles, la première véritable apparition du Mal ne dure pas longtemps : ayant pénétré dans la cave et hurlé de terreur, le protagoniste en ressort aussitôt, claque la porte derrière lui, la verrouille à toute vitesse, regarde autour, avise une vieille commode, la tire jusque devant la porte, rassemble ensuite tous les objets lourds qu'il peut et les entasse par-dessus, puis se précipite dans l'escalier, remonte dans sa chambre et s'y enferme à double tour. Quant à moi, je réagis d'une manière beaucoup plus intériorisée – on pourrait dire lâche, ou inadaptée, ou stupide, moi je préfère employer le terme « intériorisée » : je sortis comme une somnambule de la chambre de Chiara tout en ôtant mécaniquement mon imperméable que j'accrochai à n'importe quelle patère de l'entrée, traversai le couloir, entrai dans la cuisine où mon père préparait le déjeuner, m'immobilisai devant lui et lui demandai : « Où sont hébergés les réfugiés qui arrivent à Palerme ? »

Je ne sais pas pourquoi je lui posai cette question. C'était peut-être une manière de pousser des objets lourds devant la porte et de courir m'enfermer dans ma chambre. Je ne sais pas non plus s'il y répondit ou s'il dériva sur un autre sujet. J'ai le souvenir d'un long et fastidieux monologue, une de ces logorrhées dont mon père a le secret, surtout quand il est en train de cuisiner, surtout la sauce pour les orecchiette, tandis que j'étais en train de me demander avec terreur non pas pourquoi Chiara voulait faire une carrière de connasse ni pourquoi je me sentais à ce point concernée, mais *en tant que quoi* je me sentais à ce point concernée. Était-ce en tant qu'intellectuelle ? En tant qu'être humain ? En tant que femme ? Non. Intellectuellement, l'option « youtubeuse » ne pouvait susciter en moi rien d'autre qu'une saine et joyeuse curiosité anthropologique. Du point de vue strictement humain, je n'avais aucun avis sur le lissage de cheveux et le tailladage de jeans élevés au rang de vocation. En tant que femme, quand on n'est pas tout à fait sûre de sa propre élégance, il n'est pas forcément désagréable de faire le constat de la vulgarité chez les autres. Et pourtant, je sentais grossir au fond de moi une sorte de noyau plombant, un bloc de chaleur écœurante, une oppression cuisante, quelque chose entre l'envie de vomir et la constipation, enfin c'était à la fois indescriptible et indiscutable : Chiara youtubeuse, l'idée comme la chose m'étaient odieuses. C'est alors que j'entendis une voix prononcer : « Je mets beaucoup d'ail, *ta sœur* adore ça… » Aussitôt, la boule dans mon ventre éclata, se répandit dans tout mon corps et m'emplit d'un atroce sentiment de honte, tandis que mon père se métamorphosa en Serguei Jean-Michovitch qui éminçait de l'ail au-dessus d'un bol en me souriant d'un air triomphant : si je me sentais concernée à ce point par le nouveau projet de Chiara, c'était en tant que *sœur*.

XII

Je n'aime pas perdre. C'est un de mes défauts. Ou peut-être une de mes qualités, je ne sais pas. Qu'est-ce que tu en penses ? Rien, il s'en fout. Mon chat est au-dessus de ce genre de questions. Il ne porte aucun regard sur lui-même. Il aime mieux le porter sur les flocons qui tombent sur le rebord de la fenêtre, c'est plus intéressant. Je devrais suivre son exemple. J'aurais dû commencer à suivre son exemple dans la cuisine de mes parents, à Palerme, où il ne neigeait pas mais où il était possible de porter le regard sur des choses tout aussi extérieures à moi-même, comme le mouvement parfaitement régulier par lequel mon père émincait l'ail au-dessus du bol, ou la manière faussement hasardeuse dont une goutte retardataire descendait en zigzag le long de la fenêtre. Mais c'était il y a deux semaines, j'étais jeune, je ne savais rien de la vie, à cette époque je ne pensais qu'à une chose : si c'était *en tant que sœur* que je me souciais de ma sœur, alors mon rapport à la famille n'était plus fondé sur la non-appartenance. Pour empêcher cela, j'avais deux solutions : continuer à me soucier de ma sœur, mais pas en tant que sœur ; ou cesser de m'en soucier. Mon goût incorrigible pour l'analyse et l'élaboration m'eût portée à choisir la première option. Mon goût pour la liberté me fit préférer la seconde, aussi retournai-je illico frapper à la porte de la chambre de Chiara.

À peine entrée, la vision du premier sourcil soigneusement épilé me saisit. J'avais eu le temps de m'y préparer, mais quand même, ça faisait un choc. Je n'en laissai rien paraître, pris mon courage à deux mains, déglutis, inspirai profondément, et me lançai :

– Chiara, je suis vraiment désolée, je ne sais pas ce qui m'a pris tout à l'heure. Je me suis comportée comme une idiote, j'ai été méchante, je te prie de m'excuser, je comprendrais que tu m'en veuilles énormément et que tu ne veuilles plus jamais me parler, à ta place moi aussi je serais extrêmement fâchée et blessée, mais voilà : je suis venue me présenter devant toi pour te dire que je tiens à ce que tu saches que je respecte tes choix quels qu'ils soient, et aussi ta personne quelle qu'elle soit, car je pense profondément que tu es une belle personne, et je le pense quoi que tu fasses et quelles que soient tes décisions ; pour moi, l'essentiel c'est que tu te sentes en accord avec toi-même et que tu avances sur ton propre chemin de vie, et surtout que tu ne renonces jamais à tes rêves, et je ne te dis pas ça en tant que sœur, ni en tant que femme, ni en tant qu'universitaire, ni en tant qu'être humain, non, je te le dis en tant que conne, car oui, je me suis conduite avec toi comme une conne, et de cela je fais amende honorable et te demande pardon, j'espère sincèrement que la vidéo que tu tourneras demain soir durant le réveillon aura beaucoup de « like » et fera un véritable buzz, voilà, et maintenant je vais quitter la pièce, mais auparavant permets-moi de te saluer en dessinant un cœur avec mes doigts.

Chiara s'était immobilisée, sa pince à épiler scellée dans l'espace. De sa bouche, aucun son ne sortait. De mon côté, j'honorai ma promesse et joignis mes deux mains en forme de cœur. Où trouvai-je la force de faire cela ? Je ne sais pas. Quelquefois, dans les situations extrêmes, on se découvre des ressources insoupçonnées, on peut même aller jusqu'à soigner les détails ; de fait, dans le sourire qui accompagnait mon geste, il était impossible de déceler la plus petite nuance d'ironie, au contraire, mon expression irradiait de bonté. Ma sœur ne s'était pas attendue à un tel revirement. Elle mit quelques secondes à comprendre qu'elle ne rêvait pas, battit plusieurs fois des faux cils et murmura :

– Ah… alors, tu… tu n'as pas peur que maman, demain soir… quand je vais annoncer ça…

Je lui pris les épaules.

– Ma chérie, j'aimerais vraiment pouvoir être à tes côtés, mais ce ne serait pas un service à te rendre. Il faut que tu apprennes à être forte et à imposer tes choix, c'est important. Et aussi que tu sois rapide ; peut-être devrais-tu déjà t'entraîner à l'esquive, à éviter les projectiles, surtout les couteaux ; et aussi, bien sûr, préparer tes bagages pour le cas où ta présence ne serait plus désirée dans cette maison, ce qui veut dire également poser quelques jalons, d'ici demain soir, pour avoir un point de chute en attendant de te trouver une chambre dans un foyer de réinsertion, et bien sûr une source de revenus, pas pour longtemps bien sûr, juste en attendant que ta chaîne YouTube dégage suffisamment de bénéfices ; tu pourrais par exemple te tourner vers la restauration rapide comme employée polyvalente, ou tirer parti de ta nouvelle apparence pour te lancer dans une activité plus valorisante telle que manucure ou travailleuse du sexe, et pour tout cela je te souhaite bonne chance, à présent il ne me reste plus qu'à sortir de cette chambre de façon que tu puisses poursuivre dans le calme ton travail d'épilation, si tu as un souci n'hésite pas à revenir vers moi.

En retraversant l'appartement, j'étais rassurée. Je venais de sauver mon honneur devant Serguei Jean-Michovitch. Il ne me restait plus qu'à redemander à mon père où se trouvaient les lieux d'accueil pour réfugiés, car j'avais ma petite idée sur la façon dont je n'allais pas passer Noël. C'était une idée intéressante à différents points de vue. D'abord, parce qu'elle me permettrait peut-être de retrouver le monsieur qui n'avait pas voulu du sandwich et de lui demander son avis sur la question du développement personnel, de manière à nourrir ensuite, sur Skype, une discussion intéressante avec Serguei Jean-Michovitch. Ensuite, parce qu'elle me permettrait de montrer audit Serguei que j'étais prête à relever son défi, mais pas à lui obéir aveuglément : il était hors de question que je passasse trente-six heures dans un endroit sinistre, alors que je pouvais les mettre à profit pour faire connaissance avec quelqu'un de nouveau, donc apprendre quelque chose sur l'autre, donc sur moi-même, et ainsi prouver à la face du monde, c'est-à-dire à mon frère, que de nous deux, l'hégélienne, c'était moi. Enfin, parce que l'enfant curieuse n'est pas seule à frétiller au fond de ma personnalité, que celle-ci contient également de nombreuses autres entités, parmi lesquelles on doit bien pouvoir trouver une petite-bourgeoise en mal de sécurité, et je tenais là l'occasion rêvée de cocher la case « charité bien ordonnée » dans la liste des critères d'éligibilité à la mort cérébrale. Il ne me restait plus qu'à noter l'adresse d'un centre d'accueil ; or, lorsque je pénétrai à nouveau dans la cuisine, mon père s'était transformé en ma mère.

– Je t'attendais, Francesca.

Elle était en train de faire mijoter la sauce pour les orecchiette, mais elle avait gardé sa doudoune et son bonnet, à savoir une doudoune sans manches et un bonnet de rappeur avec les fameuses initiales N.Y. entrecroisées. Une caillera aux fourneaux. Il était évident que, à sa vue, mon père s'était enfui à toutes jambes et se barricadait maintenant au fond de l'appartement.

– Mets ton imper, dit-elle avec entrain. Il faut que je t'emmène quelque part. On mangera après.

Elle éteignit le gaz, me prit par l'épaule et m'entraîna :

– J'ai une idée géniale.

J'eus à peine le temps d'attraper mon imperméable.

– J'y ai pensé toute la matinée au bureau, dit-elle en dévalant les escaliers.

Elle avait sa voix des grands jours, celle qui m'aurait impressionnée si j'avais été impressionnable : déterminée, pragmatique et supérieurement intelligente. Avec un tailleur-pantalon, on aurait pu la prendre pour une attachée ministérielle ; avec une veste en cuir et un Remington dans la ceinture, inspecteur de la brigade des stups ; là, ça faisait ma mère en doudoune sans manches

qui me poussait dans sa voiture très mal garée, non sans avoir préalablement traité de Luganaise une vieille dame qui tentait gentiment de le lui faire remarquer.

Où m'emmenait-elle ?

– Tu vas voir.

Ça devenait très amusant. Ça me rappelait quand j'étais petite : de temps en temps ça la prenait, peut-être une fois par an, elle nous virait de nos chambres ou débranchait la télé, et nous embarquait tous les trois dans la voiture sans un mot d'explication ; on se retrouvait kidnappés par notre propre mère, et bien sûr totalement surexcités : le grand jeu, c'était de deviner où elle nous emmenait ; parfois c'était au cinéma, parfois à la campagne voir les citronniers en fleurs, ou bien faire du poney. Une fois, elle nous avait réveillés au milieu de la nuit parce que la lune était rousse et qu'elle voulait qu'on voie ça au moins une fois dans notre vie, on s'était retrouvés en train de courir en pyjama sur une plage à trois heures du matin, dans un paysage à la *Star*

Wars. Et maintenant ? Je regardais défiler les rues, Corso Aprile, Papireto, Vittorio Emanuele, et les passants qui se bousculaient de manière à la fois cohérente et hasardeuse, comme s'ils allaient tous au même rendez-vous mais que personne ne savait où c'était. Ma mère finit par s'arrêter place des Saints-Quarante-Martyrs, juste devant un lave-auto. Elle me regarda d'un air réjoui. Voilà. Donc l'idée, c'était qu'on allait laver sa voiture comme ça, en douce, comme deux petites coquines, et ensuite, ni vu ni connu, on serait rentrées juste à temps pour le déjeuner ? Quelle aventure.

– On y va ?

Pas contrariante, je descendis et me dirigeai d'un pas décidé vers le monsieur qui tenait la boutique, lorsqu'elle me cria :

– Mais où tu vas ?

Elle était partie de l'autre côté, en direction d'une sévère bâtisse de pierre. Je la rejoignis. Entre les deux grandes portes était apposée une plaque sur laquelle on pouvait lire *Centro Astalli*. Je ne connaissais pas.

– C'est un truc des jésuites.

Voyant mon air ahuri, elle élargit son sourire :

– Un centre d'accueil pour demandeurs d'asile et réfugiés.

Je regardai cette femme au fond des yeux. Je me demandai comment j'allais faire pour maintenir plus longtemps, non pas devant Serguei Jean-Michovitch, mais devant ma propre conscience, cette thèse de ma non-appartenance à la famille, alors même que j'avais devant moi, en la figure de ma mère, non seulement un génie qui lisait dans mes pensées, non seulement une sainte qui, non contente de me laisser vivre ma vie au lieu de ripailler avec elle, soutenait activement le plan B de sa fille ingrate, mais la matrice de mon propre goût pour l'aventure en général et pour le passage à l'acte en particulier. Je me demandai s'il restait en cette femme quelque chose à quoi je n'eusse pas eu envie d'appartenir. Je me demandai également où trouver la même

doudoune sans manches. Mais je n'eus pas le temps de répondre à toutes ces questions, car ce fut elle qui s'en chargea, le doigt au-dessus du bouton de la sonnette :

– C'est toi qui m'as donné l'idée. Tu as raison. Cette année, on annule. Pas de Noël. Pas de sapin, pas de réveillon, les cadeaux achetés on les garde pour une autre fois, on laisse tomber tout ça. Et à la place, on invite des migrants. On fait un grand buffet. Avec du mafé, du lait caillé, du thé vert, des cornes de gazelle et des bananes plantain. On emprunte le barbecue de Grand-mère, on le met sur le balcon et on fait un méchoui. On s'ouvre au monde, Francesca ! On aère, il est grand temps, moi aussi j'en ai marre de rester en circuit fermé, de baigner toujours dans le même jus familial, qu'est-ce que c'est chiant, tu as tellement raison ma chérie, tellement !

Effarée, je n'eus que le temps de mettre ma main devant la sonnette. Elle eut un mouvement de recul :

– Quoi ? Ce n'est pas ce que tu voulais ?

J'hésitai. À ce stade, j'aurais pu lui dire que j'avais décidé de prouver à un prof d'épistémologie de l'histoire de l'université Paris-Sorbonne qu'aujourd'hui une Italienne pouvait très bien ne pas passer Noël en famille et que l'option grand banquet avec mon frère et ma sœur chez mes parents le 24 décembre risquait de poser problème, même en remplaçant le Prosecco par du thé à la menthe, que je trouvais son idée super, mais qu'il était pour moi hors de question de perdre la face devant Serguei avec lequel, malgré toute l'estime que m'inspirait son partenaire de vie, j'entretenais le secret espoir de réitérer un jour certaine expérience dont la description précise ne s'imposait pas ; mais cette explication m'apparut complètement invraisemblable, et ma mère a un défaut : elle n'aime pas qu'on la prenne pour une conne. Et moi, j'en ai un autre : je ressemble à ma mère. Aussi lui répondis-je froidement que non, ce n'était pas ce que je voulais, que moi ce que je voulais c'était passer le réveillon, puis la nuit, puis le jour de Noël *sans* ma famille. Est-ce que j'étais assez claire ? Est-ce qu'elle comprenait l'italien ?

– Non.

XIII

Devant l'entrée du Centro Astalli, ma mère changea de visage. En une seconde, son regard perdit toute expression, ses traits s'affaissèrent, sa bouche au dessin enjoué se crispa et, sur sa tête, le bonnet N.Y. se mit à ressembler à une mauvaise blague qu'on lui aurait faite. Elle resta quelques secondes à me regarder, puis abandonna la sonnette et repartit vers sa voiture en maugréant que je ne comprenais rien, et que je me trompais d'ennemi.

– Tu as toujours été comme ça, de toute façon ! Quand tu étais petite, c'était à ton père que tu faisais la tête quand je te contrariais. Ensuite au collège, tu te battais avec Stefano alors que tous tes copains te disaient et te répétaient qu'il était manipulé par ta soi-disant meilleure amie Claudia, ensuite pour préparer l'École normale tu as rompu avec Noureddine alors que ce qui t'empêchait de te concentrer c'était les migraines ophtalmiques, à Pise tu as découvert le système de reproduction des élites, et là qu'est-ce que tu as fait, tu t'en es prise à l'institution universitaire alors que le vrai problème c'est l'économie de marché, et depuis que tu es à Paris, alors là, non seulement Mademoiselle a pris la grosse tête, un truc de fou, mais en plus, dès que je te fais la moindre observation je passe pour une liberticide complètement abrutie alors que ce que je t'apporte, c'est une solution à ton problème, vraiment je pensais que tu avais un peu grandi, je m'aperçois que pas du tout, je suis très déçue.

Je lui courus derrière en lui demandant qui était l'ennemi, puisque je me trompais d'ennemi.

– Il n'y a pas d'ennemi, articula-t-elle en tapant sur sa carrosserie.

Je me figeai. Elle me fit signe de monter. Je m'exécutai.

– Personne ne cherche à t'empêcher de faire quoi que ce soit. Personne n'en veut à ta liberté.

Elle démarra, fit demi-tour et reprit le chemin de la maison en m'expliquant qu'elle ne s'énervait pas du tout contre moi, mais contre la ventilation qui ne voulait plus se mettre en marche et l'obligeait à essuyer tout le temps le pare-brise avec son mouchoir. De toute façon elle n'avait aucune leçon à me donner, j'avais passé l'âge qu'on m'explique la vie, j'avais beaucoup de personnalité, je savais cultiver ma singularité, elle était très fière de moi et très admirative, simplement il se trouvait que je n'étais pas seule au monde, que tout ne tournait pas autour de ma passionnante personne et que, au cas où je ne m'en serais pas rendu compte, j'avais un frère, et que ce frère, il ne me le dirait jamais mais il tenait à moi, eh oui, et depuis que j'étais partie continuer mes études ailleurs, Noël c'était un des rares moments où il pouvait me retrouver, moi ça m'était peut-être égal, mais pour lui c'était important, il y pensait des semaines à l'avance, il s'en faisait une joie, et les joies, au cas où ça m'aurait intéressée, il n'en avait pas beaucoup, bref, elle n'allait pas se fatiguer à argumenter, de toute façon avec moi elle savait que ça ne servait à rien, qu'elle ne réussirait qu'à aggraver son cas, qu'elle se retrouverait classée dans la catégorie « mère culpabilisante » et que je m'en sortirais sans m'être posé la moindre question sur moi-même, mais si allez, inutile de nier, elle me connaissait par cœur.

Si je devais analyser mon état d'esprit tandis que je me faisais gronder par ma mère dans sa voiture le 23 décembre, j'essaierais de faire coïncider les notions d'effroi et de soulagement, puis celles d'innocence et d'incrédulité, et je n'y parviendrais pas. Et comme je n'aime pas perdre, je contournerais le problème en racontant que je n'étais alors dans aucun état d'esprit, que mon état se situait en deçà, ou au-delà de ce qu'on a coutume d'appeler état d'esprit, quelque part dans les régions mystérieuses de ma conscience : j'entendais les phrases que prononçait ma mère et, tandis que la pluie tambourinait sur le pare-brise, j'imaginais le paysage de l'autre côté de la buée, avec ses espaces interminables, ses silences surhumains et sa très profonde quiétude, et surtout avec sa lumière, une lumière toute blanche, une lumière qui s'étendait à l'horizontale comme la surface d'une mer, et je rêvais que la voiture était un bateau qui fendait cette mer dans laquelle il me serait doux de faire naufrage, car alors seraient enfin réunis en une seule notion l'effroi, le soulagement, l'innocence et l'incrédulité. Et je réalisais, à travers ces images, que jusqu'à ce jour ma mère n'avait jamais cherché à me piéger, qu'elle n'était jamais intervenue dans mes relations avec mon frère, et qu'elle ne m'avait jamais donné la moindre leçon de morale. Je sentais bien qu'il fallait que je lui réponde, que c'est ce que les grandes personnes font généralement quand on les critique, mais j'avais envie de prolonger encore un peu ce moment étrange où la voiture de ma mère voguait sur l'océan.

Ensuite, comme nous approchions de la maison, et tandis qu'elle cherchait pour la voiture une absence de place, cette douce torpeur se dissipa, et je me découvris dans un nouvel état d'esprit, qui me sembla d'abord paradoxal ; à savoir l'impression que, jusque-là, il m'avait été facile de relever le défi lancé par Serguei Jean-Michovitch, et que cette facilité était en train de faire place à la difficulté, et que cette idée, bizarrement, me procurait un sentiment agréable. Mais, tout en rétorquant à ma mère qu'elle disait n'importe quoi, que je venais de prendre un café avec Tommaso et que je pouvais affirmer qu'il se foutait complètement de ce que je pourrais bien faire demain soir, j'interrogeai la nature de ce sentiment agréable, et j'en arrivai à l'hypothèse inverse : peut-être que, jusque-là, il m'avait été difficile de relever le défi, et que cette difficulté était en train de faire place à la facilité.

Je sais. Quelquefois, mes raisonnements sont un peu ardus ; un peu difficiles à appréhender comme ça, si on n'est pas préparé, si on n'a pas les bons outils d'analyse. J'ai ma part de responsabilité là-dedans : c'est moi qui, la première, ai comparé ma vie à un scénario dans lequel, à partir d'une situation idyllique, les choses ne font qu'empirer. Or, cette comparaison se révèle discutable : le 23 décembre, en voyant ma mère se métamorphoser en stratège intrusive et moralisatrice, je me sentis, bien qu'en proie à la stupéfaction, libérée d'un poids. Jusque-là, ne pas fêter Noël m'avait semblé un simple pari à gagner, quelque chose qui dans le fond n'avait aucune nécessité réelle, une idée sans chose, une sorte de jeu d'échecs dans lequel ma sœur, mon frère et mes parents se retrouvaient dans la position de pions que je pouvais manipuler. Or il se trouve – sans vouloir trop me dévoiler – que je suis d'un naturel joueur, voire farceur, mais que je n'ai pas le moindre goût pour la manipulation. La métamorphose de ma mère en « mère » mettait donc un terme à une situation de porte-à-faux entre moi et moi, et inaugurait un nouvel âge dans lequel on *voulait me forcer* à fêter Noël en famille, et où, par voie de conséquence, *ne pas* fêter Noël en famille commençait à vouloir dire quelque chose.

Je vais le dire autrement.

Je vais prendre une image.

C'est comme si un syndicat s'amusait à lancer un préavis de grève dans une usine où les conditions de travail sont bonnes, les ouvriers bien payés, avec plein de vacances et des chefs sympas, et soudain la direction annonce tout à la fois la fin des congés payés, le retour à la semaine de soixante heures et un énorme plan de licenciement. En tant que déléguée du personnel, on se sent tout de suite plus légitime, et dans le monde actuel, si je peux me permettre une parenthèse anthropologique, dans ce monde qui ne cesse de s'en prendre à l'individu, qui le flatte de façon obscène, qui fait semblant de le magnifier et de le glorifier pour mieux l'isoler, qui le pousse à se donner en spectacle et à se dévoyer dans la séduction et l'imposture pour mieux le fragiliser et le désarmer, le sentiment de légitimité est devenu une

denrée extrêmement rare et précieuse et, osons le dire, une clé du bonheur. Et moi, c'est mon côté italien, j'ai le goût du bonheur.

Je sortis de la voiture en hurlant sur ma mère. Je n'avais pas fait mille cinq cents kilomètres pour me faire emmerder toute la journée. Je m'étais farci pour commencer une ado psychotique, ensuite une personnalité toxique, maintenant une bonne sœur déguisée en vendeuse de crack, alors je voulais bien être gentille mais il y avait des limites. Elle me mettait plus bas que terre, est-ce qu'elle s'était regardée ? Je ne parlais même pas de son comportement à mon égard qui était juste très très très casse-couilles, pour employer un terme assorti à sa tenue, je parlais de ce qu'elle venait de faire en inventant de toutes pièces un projet humanitaire d'une façon proprement immonde, car si on prenait deux minutes pour décrypter son acte, qu'est-ce qu'on comprenait ? On comprenait qu'elle avait décidé d'inviter des pauvres à réveillonner dans l'unique objectif de m'empêcher moi de ne pas réveillonner, donc pas du tout pour les pauvres, la preuve, dès que j'avais refusé, elle avait renoncé à son beau projet philanthropique, et ça s'appelait comment, ça ? Ça s'appelait instrumentaliser la misère, voilà comment ça s'appelait, j'espérais qu'elle s'en rendait compte et qu'elle avait bien honte. Et ma mère, tout en me poursuivant dans l'escalier de l'immeuble, car l'ascenseur avait décidé de jouer les clichés sur la Sicile, me hurla que c'était moi qui étais immonde, que c'était de la diffamation, que je n'avais pas le monopole de la compassion, que les migrants étaient à tout le monde, qu'on verrait bien demain soir si elle les instrumentalisait, que si elle n'avait pas sonné à la porte du Centro Astalli c'était uniquement à cause de ma réaction, par délicatesse, oui parfaitement, pour ne pas m'imposer son projet, mais ça, bien sûr, j'étais incapable de le comprendre, la délicatesse était un mot dont apparemment je ne connaissais pas le sens, tout comme j'étais incapable de concevoir qu'on puisse agir autrement que par intérêt personnel, mais ça, bien sûr, elle ne pouvait pas m'en vouloir, j'étais tout simplement de ma génération, on était nés après la chute du Rideau de fer donc par nature incapables de comprendre autre chose que la loi du marché. Et en me précipitant dans l'appartement, je répliquai à ma mère que oui, je comprenais la loi du marché, je comprenais qu'elle avait voulu acheter des migrants avec de la semoule et des raisins secs et tout ça pour faire quoi ? Pour protéger son capital !

– Quel capital ? Quel capital ?

Je me retournai. À l'autre bout de la cuisine, ma mère écumait, tandis que mon père et ma sœur nous regardaient d'un air épouvanté, l'un tenant une casserole d'eau bouillante, l'autre s'apprêtant à y plonger les pâtes. Je flanquai alors mes deux mains sur la table, me penchai et répondis à ma mère en plantant mes yeux dans les siens :

– La famille « Moulin-Blanc[1] ».

1. En Italie, la famille « Moulin-Blanc » désigne une image ridiculement idéalisée de la famille traditionnelle, en référence aux spots publicitaires de la célèbre marque de biscuits.

XIV

Je ne pensais pas ce que je disais. Je le jure, je n'en pensais pas un mot. Il ne me croit pas. Comment expliquer à ce chat français, c'est-à-dire maladivement sceptique, le rôle essentiel que joue la mauvaise foi dans l'art italien de l'engueulade ? On pourrait dire, sans trop se tromper, que ce n'est pas un rôle rhétorique mais dynamique ; que dans la mauvaise foi, le sens des propos importe moins que la justesse et la force de conviction de leur interprétation, elle-même porteuse d'une charge symbolique, esthétique pour ainsi dire, qui constitue un stimulus décisif pour l'affrontement, un peu comme la cravache sur les flancs d'un cheval, ou les clous placés à l'intérieur d'une bombe artisanale. On serait tenté d'en conclure que sans mauvaise foi, il y aurait moins d'intérêt à se disputer ; on aurait tort : sans mauvaise foi, il n'y aurait strictement plus aucun intérêt à se disputer. Ce qui ne veut pas dire qu'on ne se disputerait pas. Simplement, il faudrait y trouver un autre enjeu que le plaisir immédiat, comme par exemple la confrontation d'idées susceptible d'aboutir à un enrichissement mutuel en vue d'une avancée de l'aventure humaine, ce qui serait nettement moins marrant. En revanche, le fait d'accuser ma mère d'avoir une conception de sa propre famille du type « Moulin-Blanc » était non seulement marrant mais poétique, c'est-à-dire pertinent dans le registre de l'absurde. C'était un peu comme si je l'avais accusée de porter une doudoune et un bonnet de caillera dans l'objectif de se faire violer en pleine rue. Les mains plaquées sur la table, je me demandai si elle allait croire que je disais ça sérieusement ou si elle allait suivre les règles de la dispute à l'italienne, parmi lesquelles figurent le goût pour la dramatisation, la prise à témoin d'un auditoire et la promptitude à se déclarer victime du délit d'injure publique, auquel cas « Moulin-Blanc » venait de signer mon arrêt de mort, en tout cas si j'en croyais l'ampleur de l'agrandissement des yeux de ma sœur et de mon père. Quant à ma mère, elle plissa les yeux comme un félin sur le point de fondre sur sa proie, c'est-à-dire moi, serra très fort les dents, prit une longue et puissante inspiration, puis elle éclata de rire avant d'annoncer :

– Je ne sais pas vous, mais moi j'ai une faim de loup !

Dans la famille « Moulin-Blanc », les choses se règlent toujours par un éclat de rire et se terminent autour d'un bon plat de pâtes. Alors que dans les histoires horribles, elles *ont l'air* de se terminer autour d'un bon plat de pâtes, mais ça cache quelque chose. Les convives qui se passent les assiettes, remplissent les verres, trinquent et rient de leurs petits conflits ne se doutent pas que l'ennemi est là qui rôde, ailleurs dans la maison.

Durant le déjeuner du 23 décembre, mon père se montra joyeux. Après avoir complimenté ma mère pour la sauce des orecchiette, qu'il avait commencée mais qu'elle avait améliorée en y ajoutant un tout petit peu d'ail (de façon à relever l'ensemble sans masquer la saveur des aubergines et des olives), il se tourna vers ma sœur et lui demanda si elle aimait le tajine de poulet. Ma mère me lança aussitôt un regard de triomphe, auquel je répondis par un haussement d'épaules, officiellement vexée d'être ainsi confondue comme accusatrice abusive, secrètement soulagée de ne pas avoir pour mère l'être vil qui m'avait couru après dans l'escalier. Le nouveau dessin des sourcils de Chiara sembla passer inaperçu. Tout le monde mangea de bon appétit. La table étincelait par intermittence, au gré des caprices du soleil qui entrait et sortait, revenait entre deux ondées, disparaissait derrière des nuages plus ou moins légers, plus ou moins épais, de sorte qu'on passait d'une heure à l'autre et d'une saison à l'autre en quelques secondes. De même, la conversation voletait sans se stabiliser sur aucun sujet, et je serais incapable de citer un seul d'entre eux, bien que j'y eusse pleinement participé. D'une manière générale, je garde de ce déjeuner le souvenir d'un moment remarquablement ordinaire, du genre de ceux que doivent affectionner Serguei et Mathieu : un moment où triomphaient les petites habitudes ; on peut parler de routine, moi je préfère employer le terme de

« rituels ». Par exemple ma mère, toutes les deux ou trois bouchées, essuyait successivement chacune de ses commissures d'un coin de serviette avec une précision et une rapidité qui conduisaient invariablement mon père à s'exclamer « Quelle dextérité ! » ; ou bien ma sœur signalait « Ça fait grossir de boire en mangeant » dès qu'on attrapait la carafe d'eau ; ou encore mon père, vers la fin du repas, si on proposait de le resservir, levait les deux mains en s'exclamant « Merci ! Je vais me contenter du péché originel », choisissait la pomme la plus abîmée dans la corbeille de fruits, l'épluchait religieusement et croquait chaque morceau en disant à qui voulait l'entendre – c'est-à-dire à personne – qu'aucun Marchesi[1] au monde n'arriverait jamais à la cheville de l'humble pommier des pentes de l'Etna.

Tous ces petits cérémoniaux étaient de nature à me donner un sentiment de sécurité dont, contrairement à Serguei Jean-Michovitch, je n'avais pas du tout besoin, aussi me contentai-je de les juger préférables à l'ambiance précédente. Qui m'avait épuisée. De sorte que, à la fin du repas, je bâillai, m'étirai, confessai mon désir de les laisser prendre le café sans moi et d'aller m'allonger un peu, obtins trois sourires pleins d'indulgence, marchai à peu près droit jusqu'à ma chambre, ouvris la porte en fermant déjà les yeux, me laissai tomber sur mon lit, atterris sur mon frère et hurlai de terreur.

---

1. Gualtiero Marchesi, né en 1930 et mort en 2017, était l'un des plus grands chefs cuisiniers italiens.

L'ennemi qui rôde, c'était lui. Tandis que tout semblait se terminer dans la cuisine autour d'un bon plat de pâtes, cet être maléfique s'était introduit dans la maison en catimini (j'assume l'expression « en catimini »), ensuite il s'était glissé jusqu'à ma chambre et tout bonnement installé au milieu de mes peluches et de mes petits coussins brodés (j'assume aussi le lit recouvert de peluches et de petits coussins brodés, je n'ai aucun problème avec ça, voilà, maintenant on va changer de sujet). Donc, ce couillon poussa à son tour un hurlement ; je voulus me relever d'un bond et lui demander en hurlant ce qu'il foutait là, mais il me retint assise :

– Maman m'a appelé, elle veut annuler Noël et inviter des réfugiés à la place. C'est toi qui lui as mis ça dans la tête ?

Je soupirai. Je lui répondis que s'il croyait sérieusement que moi, Francesca Randazzo, j'étais capable de mettre quoi que ce soit dans la tête de notre mère Paola Randazzo, il fallait qu'il se pose des questions sur la santé de sa tête à lui, Tommaso Randazzo.

– Arrête de déconner, c'est grave. J'ai appelé tous les centres d'hébergement, on m'a ri au nez : pour entrer en contact avec les résidents il faut obligatoirement faire partie des bénévoles, les équipes sont au complet, sans compter que la plupart des réfugiés sont musulmans, donc ne fêtent pas Noël. Qu'est-ce qu'on fait ?

Récapitulons. Mon frère m'empêchait de faire la sieste, prenait toute la place sur mon lit, écrasait mon coussin préféré avec son gros cul, m'apprenait que mon plan B tombait à l'eau, et me demandait ce qu'on devait faire. Non, ça c'était faux. Il prononçait des mots qui, accolés ensemble, auraient donné l'impression à quelqu'un d'extérieur, quelqu'un qui m'aurait pris pour un être humain à part entière et non pour la petite sœur de Tommaso Randazzo, qu'il me demandait ce qu'on devait faire, nuance. Je restai coite. Il me le reprocha avec satisfaction, puis insista sur le fait que tout était ma faute et qu'il avait de quoi se mettre très en colère, mais qu'il était prêt à passer l'éponge et à reprendre la situation en main : comme il me l'avait déjà proposé ce matin, on allait trouver une idée de menu pour le réveillon ; on allait sortir faire des courses, et ensuite on allait préparer nous-mêmes un magnifique repas de Noël qui réjouirait le cœur de maman. Devant mon air désemparé, il crut bon de préciser – car il était pédagogue – qu'il s'agissait ici de produire de la gaieté en lieu et place des tensions, et de remettre du sens dans le vivre-ensemble dans cette maison, ce qui pouvait passer par des petites joies, oui, des petites choses très simples qui, additionnées les unes aux autres, déboucheraient sur ce que saint Augustin définissait comme la « faculté de continuer à désirer ce qu'on possède », autrement dit le bonheur, mais en douceur, dans un processus que Pic de la Mirandole synthétisait d'une façon très juste lorsqu'il préconisait de choisir d'« entrer dans la mer par les petits ruisseaux ». Là-dessus, Tommaso m'attrapa le poignet et m'entraîna avec lui de force.

Dans la vie, il est parfois inutile de se battre.

Attention, Souris, je vois clair dans ton jeu. Tu essaies de me faire dire ce que je n'ai pas dit. Tu me soupçonnes de prôner une forme d'abdication face au destin, c'est ça ? Mais le destin, je n'en fais qu'une bouchée. Le destin, je le défie tous les matins devant la glace, moi, je le domine, je l'humilie, je lui fais pleurer sa race. Toi, tu ne domines rien du tout, tu me regardes de haut mais moi je te tiens dans ma main, quand je veux je serre les doigts et je te broie. Ton destin, c'est moi. Ce que j'ai voulu dire, c'est que parfois, il est *provisoirement* inutile de continuer à se battre. Ou plutôt que parfois, continuer à se battre, ça implique de faire une petite pause dans la lutte. On appelle ça la stratégie. D'autre part, je m'étais engagée à ne pas passer Noël en famille, pas à refuser mon aide à un pauvre maître-nageur incapable de retrouver son chemin tout seul dans les rayons de l'Ipercoop de la rue Torre Ingastone.

XV

Mon chat n'est jamais entré dans un hypermarché. Il ne s'est donc jamais retrouvé dans un hypermarché un 23 décembre. C'est une chose qui manque à son expérience. J'ai bien peur que pour cette raison, il ne lui soit difficile d'accéder un jour à la Connaissance de Soi, qui est une étape importante vers l'ennui mortel. Se retrouver dans un hypermarché un 23 décembre est à cet égard extrêmement formateur ; au moins autant, si ce n'est plus, que le service militaire obligatoire dont mon père a gardé des souvenirs très forts, et qui lui ont appris énormément sur lui-même, comme par exemple le fait qu'il adorait ramper dans la boue comme un con pendant des heures mais qu'il aimait encore plus lire, et qu'il était capable de faire des beignets pour cinquante conscrits mais pas d'atteindre une cible avec un fusil. Dans un hypermarché un 23 décembre, on apprend à se frayer un chemin à travers une meute d'assaillants, à marcher en équilibre sur des flaques d'huile d'olive, à éviter les poussettes, les chariots à palettes et les déambulateurs sans jamais perdre de vue son objectif qui est le rayon « biscuits », où vous devez remplir une mission spéciale qui consiste à comparer les pourcentages de graisse végétale hydrogénée écrits en caractères minuscules et en blanc sur fond blanc cassé, tout en résistant à l'envie de tuer à coups de pied les enfants en train de hurler qu'ils ne voulaient pas cette coque-là pour leur portable et que tous leurs copains vont se moquer et qu'ils en mourront de chagrin, puis réaliser avec horreur que l'heure de la fermeture approche, foncer en direction du rayon « petit déjeuner » – non sans avoir la présence d'esprit de se servir d'une flaque de yaourt aux cerises pour accélérer son allure au moyen d'une glissade adroitement calculée –, puis se jeter avant l'ennemi sur le dernier pot de Nutella®, lui hurler que s'il veut vous le prendre il lui faudra d'abord vous passer sur le corps et affronter la colère de Dieu, reparcourir tout le magasin en transpirant comme une vache sous votre doudoune sans manches à la recherche de vinaigre blanc, dont vous ne savez jamais s'il se trouve au rayon « condiments » ou au rayon « produits d'entretien », à cause de cette angoisse ne le trouver nulle part alors qu'il est disponible dans les deux rayons mais tout en bas et à moitié caché par l'eau déminéralisée, car les commerciaux – qui sont des êtres perfides – ne placeront jamais un produit aussi bon marché à hauteur des yeux, ignorer d'abord les cris suraigus d'un vieillard dont vous avez brisé trois orteils en roulant dessus avec votre chariot, puis le bruit de sa chute dans une pyramide de boîtes de panettone, et se retrouver en train de faire la queue à la caisse où des femmes menacent d'entamer une procédure de divorce si leur mari ne va pas immédiatement replacer en rayon cette machine à expresso en capsules qui coûte un bras et pollue et ne fait même pas un meilleur café que la vieille cafetière à piston, tandis que des hommes menacent de se remettre à boire si leur femme refuse cette splendide nuisette en satin noir avec des chaînes derrière en guise de lacets, et que des adolescents aux yeux injectés de sang murmurent dans leur smartphone qu'il n'y a plus de Nutella® et que la fin des temps est proche.

L'enjeu d'une telle représentation, qui peut sembler baroque, j'en conviens, c'est de restituer en priorité l'expérience subjective. Je crois que c'est l'avenir. Je crois que de plus en plus, on accordera une place centrale à la perception sensible. Et ça a déjà commencé. Par exemple, dans les bulletins météo, depuis quelques années, chacun l'aura remarqué, on nous annonce la température mesurée, mais aussi la température *ressentie*. C'est très significatif. Je crois vraiment qu'on va vers un monde où le ressenti occupera toujours plus d'espace par rapport au mesuré, et que, au terme de ce processus, on en arrivera au point où la météo annoncera uniquement la température ressentie ; et peut-être, là je m'avance un peu mais pas tant que ça, peut-être que de ce nouveau monde, on ira ensuite vers un troisième monde où la température annoncée chaque soir ne sera plus ni la température mesurée ni la température ressentie, mais la température *désirée*. Pour en arriver là, il faudra des années, bien sûr. Nous, on ne vivra pas assez longtemps pour le voir, et nos enfants non plus, ni nos petits-enfants, mais je suis prête à parier que nos arrière-petits-enfants vivront dans un monde qui prendra les désirs pour des réalités. En attendant, que faire ? Déjà, on peut créer des images pour faire émerger le réel ressenti, pour lui donner la parole. On peut convoquer des symboles, articuler des narrations, pousser le récit vers l'épique, on peut donner à voir l'hypermarché comme le décor d'un film d'aventure avec des pièges, des ennemis à buter, des morts, du sang, on peut aller jusqu'à inventer une pénurie de Nutella® qui dans la réalité n'a aucune chance d'advenir tant qu'il restera un hectare de forêt amazonienne ; il ne faut pas hésiter à flirter avec la démesure, voire avec l'extrême, parce que c'est là que réside la vérité profonde, c'est là et uniquement là qu'apparaît enfin telle qu'elle est cette humiliation sans nom, cette déchéance absolue, cette tristesse abyssale à laquelle est réduite l'espèce humaine dans un hypermarché le 23 décembre.

Pour ma part, j'eus la chance d'échapper à cette déchéance. En effet, j'étais protégée par le corps de Tommaso qui, tel Virgile à travers les cercles de l'Enfer, nous frayait un chemin entre les hyènes, les dinosaures et les morts-vivants, et faisait barrage avec son chariot contre toute forme d'attaque frontale. Me fut également épargnée toute confrontation visuelle avec l'effondrement de notre civilisation grâce à l'écran de mon smartphone que je ne quittais pas des yeux, et qui nous dictait la liste des Saint-Graal à trouver au milieu des tranchées : je détenais la formule magique du réveillon de Noël français, que je m'efforçais d'appréhender de manière fragmentaire, étape par étape, en me concentrant le plus possible sur les détails, de façon à oublier la vision d'ensemble, sous peine de vomir sur le manteau de mon frère.

Ça commençait par un grand plateau d'huîtres à déguster avec du champagne. Ensuite, on passait au vin blanc sec – type muscadet ou chablis – pour accompagner les tranches de foie gras aux truffes sur toasts chauds, et là je vais faire une première pause, merci de bien vouloir patienter.

Ensuite, il y avait le « trou normand ». Selon Wikipédia, il s'agissait à l'origine d'une coutume normande, comme son nom l'indique, consistant en l'absorption d'un petit verre de calvados entre deux plats pour « faciliter la digestion et redonner de l'appétit aux convives » ; dans le cas du réveillon, on sert un sorbet arrosé d'un alcool au choix. Je m'arrête encore un instant. J'essaie de respirer par le nez.

Ensuite il y avait le plat principal, c'est-à-dire l'incontournable dinde aux marrons, qui se compose d'une dinde rôtie farcie à la poitrine de porc fumée assaisonnée d'échalotes, de clous de girofle, d'ail et d'oignons, avec un accompagnement de marrons cuits à la vapeur et de « pommes duchesse », qui sont des espèces de rosaces de purée de pommes de terre dorées au four, le tout arrosé de la graisse rendue par la dinde pendant la cuisson. Pardon, je vais sortir deux minutes.

Ensuite, il y avait la salade verte et le plateau de fromages, qui se composait d'un fromage à pâte molle, d'un fromage à pâte dure, d'un fromage à pâte fraîche, d'un fromage de chèvre et d'un fromage dit « bleu » de type roquefort, c'est-à-dire avec de la moisissure à l'intérieur. Je reviens.

Enfin, la célèbre bûche de Noël. Qui, selon la tradition, se prépare en étalant de la… une seconde. De la crème au beurre parfumée au café, au chocolat ou… au Grand Marnier sur… je vais y arriver. Ou au Grand Marnier sur une pâte à génoise que l'on enroule pour lui donner la forme d'une bûche et que l'on badigeonne ensuite d'une nouvelle couche de… crème au beurre, sur laquelle on trace un relief strié imitant l'écorce du bois ; puis venaient le café et ses friandises, dont les… c'est presque fini. Dont les truffes au chocolat.

Voilà.

Je vais chercher la serpillière.

Quand nous sortîmes de l'Ipercoop, le 23 décembre, Tommaso et moi étions écarlates, dégoulinants, asphyxiés, à moitié aveugles et complètement sourds. Nous avions perdu la notion de nos propres corps, du temps et de l'espace. Nous ne pouvions plus prétendre à aucune forme d'incarnation. Même pleurer, même mendier dans la rue, même cliquer sur « j'aime » était désormais au-dessus de nos capacités. Mais dans notre chariot, par la grâce de la mondialisation, à l'exception du roquefort auquel nous avions dû substituer une tranche de gorgonzola, il ne manquait pas un seul des produits nécessaires à la préparation du réveillon français.

Et dehors, la ville était inondée de lumière.

En une heure, tous les nuages s'en étaient allés, un astre éclatant trônait au milieu du ciel bleu, les trottoirs avaient complètement séché et la température ressentie avoisinait les vingt degrés.

– Tu m'emmènes voir la mer ?

XVI

Vingt minutes plus tard, je traversais l'avenue Regina Elena et faisais mon entrée sur la plage de Mondello, où soufflait un vent caressant et sucré. Tommaso m'avait seulement déposée, il était reparti aussitôt à la maison pour ne pas rompre la chaîne du froid. Des enfants couraient après leur chien, des adolescents faisaient des selfies, le soleil bas ressemblait à celui du petit matin en juin, et la mer scintillait, aussi limpide qu'en été. J'étais dans les conditions idéales pour me débarrasser de mes énergies négatives. Ce dont je m'abstins. Voyez-vous, mes énergies négatives sont à moi. J'y tiens. Je les aime. Quand je marche sur la plage de Mondello un 23 décembre, mon dégoût de moi-même et du monde marche avec moi, il respire avec moi, il se fond dans les éléments avec moi. J'ai peur, aussi. J'aime ça. La peur donne des frissons. La peur pousse à la faute, à l'inconnu, à l'aventure. Il ne faut pas avoir peur de la peur. Il faut être ami avec elle, jouer avec elle. Voilà ce que je me disais en marchant face au soleil, les cheveux au vent. Je n'avais rien à retrouver, rien à recentrer, aucun vide à opérer dans mon esprit, aucune respiration par le ventre à chercher, j'étais riche de mes conflits intérieurs, complète, et libre. Et désœuvrée, du coup. Le problème des gens totalement épanouis, c'est qu'au bout d'un moment, on s'emmerde.

Je décidai de téléphoner à Heidi.

Un quart d'heure plus tard, mon amie d'enfance arrivait sur la plage. Elle aurait aimé pouvoir sauter de joie dès que mon nom s'était affiché sur son smartphone, mais elle était alors en train de finir son dernier détartrage de l'année et, comme ses patients la notaient sur Internet, un faux pas et c'en était fini de sa carrière. Maintenant, elle était en vacances, elle arriva donc sur la plage de Mondello en bondissant comme un cabri et vint me serrer très fort contre son cœur, ce qui me permit d'en faire autant, après quoi nous conversâmes avec animation. Heidi me régala d'une peinture analytique de sa condition de chirurgienne-dentiste fraîchement diplômée qui venait de s'installer à son compte, donc de s'endetter pour une centaine d'années, tandis que je l'enchantai de mon portrait des barons de l'université française qui méritent tous la guillotine. Heidi en profita pour m'exposer sa nouvelle théorie politique. Elle venait de découvrir une correspondance entre le « *Tutti a casa !* » du Mouvement 5 étoiles et un projet d'extraction de dent sans anesthésie. Son idée, que je trouvai intéressante, c'était qu'il était impossible de renouveler la classe politique si on ne commençait pas par endormir ceux qui se cramponnaient à leur poste.

– Prenons l'exemple de Sgarbi[1], qui n'a plus de mandat mais qui continue d'assiéger les médias, ce qui revient au même. Pourquoi passe-t-il la moitié de son temps à glapir et l'autre moitié à japper ? Je me suis longtemps posé la question, et j'en suis arrivée à la conclusion suivante : c'est tout simplement pour qu'on n'ose pas les enlever de là où ils sont, lui et ses amis. Un peu comme le nerf d'une dent cariée, tu vois ? En couinant comme un cochon qu'on mène à l'abattoir, Sgarbi envoie des décharges, il fait mal, donc on a peur d'arracher la dent, donc on repousse le moment d'aller chez le dentiste… et on continue d'avoir mal. Il faut sortir de ce cercle vicieux. Mais pour neutraliser ces individus, on n'a pas encore trouvé le bon produit. Dans les années 1970, Ferreri a eu l'idée de les étouffer dans leur vomi ; c'était pas mal, un peu radical mais ça aurait pu marcher, seulement il n'aurait pas fallu les prévenir, parce que tu comprends, une fois qu'ils ont tous vu *La Grande Bouffe*, qu'est-ce qu'ils ont fait, ils se sont mis aux germes de soja et aux haricots verts. Alors après, on a eu la Cicciolina qui a essayé de les épuiser sexuellement, c'était bien pensé, la fille était pleine de bonne volonté, le problème c'est qu'elle ne pouvait pas être partout à la

1. Vittorio Sgarbi, né en 1952, est un polémiste italien proche de Silvio Berlusconi, connu pour son agressivité à la télévision et ses démêlés avec la justice.

fois ; ensuite, Berlusconi, victime de sa pulsion de mort, a bien essayé de prendre le relais en inondant les plateaux de télé de pétasses en string, mais ces filles-là n'étaient pas formées, elles avaient l'air de ne pas du tout savoir pourquoi on les avait mises là ; et plus récemment, avec le débat sur les unions civiles, pendant quelques semaines la théorie du genre les a tous tellement obsédés qu'ils étaient insensibilisés à tout le reste ; on aurait dû en profiter pour les éjecter, le problème c'est qu'on n'était pas prêts, pour ce type d'extraction le davier classique ne suffit pas, il faut de grosses tenailles qu'on ne trouve pas en Italie, on est obligé de les commander en Chine et là, vu les délais de livraison, c'était impossible. Au point où on en est maintenant, ce qui compte c'est surtout la coordination, tu n'es pas d'accord ?

Heidi est très jolie. Brune de peau, petite et potelée, de très longs cils et des cheveux dorés qu'elle attache avec un petit nœud de satin blanc, le regard clair et concentré, avec dans l'expression quelque chose de prudent lorsqu'elle parle, de presque hésitant, comme si elle cherchait toujours un compromis, une solution médiane, une réponse raisonnable au problème des passions humaines. À la regarder marcher au soleil en soulignant chacune de ses hypothèses d'un geste ouvert de la main, on la dirait saine d'esprit. Moi-même, sur le moment, je trouvai son exposé convaincant. Pour tout dire, j'étais bluffée. Je lui donnai aussitôt mon assentiment, et j'en profitai pour lui demander ce qu'elle pensait de la méditation pleine conscience.

– Pour les anesthésier ?

Elle s'était arrêtée et me fixait en réfléchissant. Puis elle s'allongea sur le sable et elle écarta les bras, mains ouvertes vers le ciel. Je lui demandai ce qu'elle faisait.

– Attends, tais-toi… J'essaie d'imaginer Sgarbi en slip, allongé sur un tapis…

Je ne pus m'empêcher de pouffer.

– Chut ! Laisse-moi me concentrer… Je suis Vittorio Sgarbi… J'essaie de prendre de la distance par rapport à tout ce qui me bouleverse… D'oublier que je ne suis pas le seul à pouvoir pénétrer intellectuellement toutes les femmes du monde… Oublier que je me suis fait prendre en flagrant délit de compromission avec la mafia… Oublier qu'après ma mort, il n'y aura plus personne pour faire passer les forts pour des faibles et les victimes pour des coupables… Que mon idée de talk-show quotidien « Sgarbi vomit sur son invité après l'avoir traité de trou du cul ignare si c'est un homme et de chèvre qui pue si c'est une femme » n'a pas été acceptée par la RAI… J'essaie de me calmer, de prendre conscience de ma respiration… de me mettre à l'écoute de mes sensations…

Je m'étais assise à côté d'elle.

La lumière rasante du soleil changeait le sable en poudre d'or. Non loin, un bambin coiffé d'un bonnet à oreilles de lapin galopait en hurlant de joie, et sa mère tentait de l'empêcher d'aller vers l'eau, tandis que les goélands faisaient du vol plané au-dessus des vagues. Je ne savais pas si nous étions en train de traverser un fragment d'éternité, ou si c'était le fragment d'éternité qui nous traversait.

– Non, ça ne marcherait pas, soupira finalement Heidi. Sgarbi est déjà à l'écoute de ses sensations, et on voit ce que ça donne. Il faut trouver une autre solution.

On se remit à marcher, en parlant de choses et d'autres.

À un moment, Heidi me demanda des nouvelles de ma famille. Je voulus lui en donner, mais très vite je me rendis compte que j'en étais incapable. Je ne parvenais à lui délivrer que des bribes d'information sans lien entre elles, où se côtoyaient dans le désordre les pommiers des pentes de l'Etna, l'épilation des sourcils de ma sœur, la recette de la dinde aux marrons, la vision de ma mère me hurlant dessus dans les escaliers et celle de mon frère étendu sur mon lit au milieu de mes peluches et de mes petits coussins brodés.

Nous arrivâmes finalement au bout de la plage. Le soleil venait de se coucher ; autour de nous, le jour commençait à tomber et les couleurs à perdre de leur éclat.

– Tu as des peluches et des petits coussins brodés sur ton lit ?

Je levai les yeux au ciel. Elle le savait très bien, que j'avais des peluches et des petits coussins brodés sur mon lit. Ce n'était pas le sujet.

– Mais quel est le sujet ?

XVII

D'abord, Heidi sembla ne pas avoir entendu ma réponse. Elle me demanda de la lui répéter. Je m'exécutai. Elle me demanda de lui répéter ce que je venais de lui répéter. Je le fis. Elle se tut. Puis elle me demanda pourquoi je voulais faire ça. Je lui répondis que c'était un peu long à expliquer, mais qu'au départ il s'agissait d'une espèce de défi intellectuel. Elle fronça les sourcils et me demanda ce que j'entendais par « espèce de défi intellectuel ». Je lui expliquai qu'il s'agissait de démontrer que les notions de famille et d'appartenance n'étaient pas forcément interdépendantes, qu'il était tout à fait possible de se soustraire à certaines traditions sans que ce soit un drame, que ça pouvait se passer très bien. Elle me demanda pourquoi je voulais démontrer ça.

Là, j'hésitai.

Devais-je lui raconter la soirée qui avait été à l'origine de ce projet ?

Si je la lui racontais, elle me poserait d'autres questions et voudrait remonter aux origines de cette origine, alors j'en arriverais à la matinée durant laquelle Serguei dissertait tout en me caressant les fesses, et je craignais que mon amie n'en conçût une impression réductrice selon laquelle à l'origine de ce projet il n'y avait en réalité rien d'intellectuel, et je l'entendais déjà conclure : « Donc, tu fais ça pour plaire à un mec », ce qui était à la fois objectivement diffamatoire à l'égard de Heidi qui n'employait jamais le mot « mec » et qui ne tirait jamais la moindre impression réductrice de quoi que ce fût, et objectivement pas complètement faux.

Mais si je ne la lui racontais pas, soit Heidi croirait que j'étais devenue une hurluberlue qui se lançait dans des expérimentations débiles pour le seul plaisir de voir la tête que ferait son entourage, et elle serait consternée, soit elle croirait que j'étais devenue un genre d'artiste performeuse qui transformait le réel en matériau de création, et elle en concevrait à mon endroit une admiration sans bornes qui nuirait à l'équilibre de notre amitié.

Que faire ?

J'optai pour un compromis : je lui dis qu'au départ il s'agissait d'un pari un peu idiot, mais que plus l'échéance approchait, plus ça se révélait complexe et instructif, et j'allais commencer à aborder la question de l'appartenance, mais je n'en eus pas le temps, car Heidi, après avoir fait volte-face, se mit à courir vers sa voiture en criant que j'étais complètement tarée.

Je ne suis pas complètement tarée. J'ai mon petit grain de folie, bien sûr, comme tout un chacun, mais j'aspire à mener une vie droite et organisée. Et régulière, surtout. J'adore la régularité. Depuis toujours, j'entretiens une foule de petites habitudes ridicules ; on peut parler de routine, moi je préfère employer le terme de « rituels ». Mais il est vrai que j'essaie également, à l'inverse de Serguei, de faire la part de l'aventure dans ma vie, de donner une place à l'inattendu, à ce qui surgit, car j'aime beaucoup le verbe « surgir », et de ne pas systématiquement repousser ce qui échappe à la planification. Je crois que la vie qu'on mène, c'est le monde dans lequel on vit, et que ce monde, il ne faut pas seulement le concevoir, le construire, le structurer, le maîtriser, il faut aussi le laisser nous surprendre, ce qui implique d'être capable de se risquer au-delà des frontières de ce que l'on connaît. Si Christophe Colomb n'avait jamais cessé d'être raisonnable, serait-il allé jusqu'en Amérique ? Si les sœurs Tatin avaient toujours été organisées, auraient-elles mis un jour par erreur la pâte après les pommes et ainsi donné naissance à une délicieuse tarte ? Si Dante et Michel-Ange n'avaient connu que la droiture et la régularité, auraient-ils pu représenter le chaos des Enfers ?

J'aurais aimé pouvoir poser ces questions à Heidi, tout en courant dans le crépuscule, mais j'étais bien trop surprise par sa réaction, alors je me contentai d'essayer de la rattraper en criant comme une idiote :

– Qu'est-ce que tu as ? Qu'est-ce que tu as ?

Quand je l'eus rejointe, elle se débattit comme si j'avais voulu l'étrangler, et se précipita dans sa voiture.

J'y montai à mon tour. Elle recula aussitôt et se colla à sa portière, les mains en paravent.

– N'approche pas ! Va-t'en !

Je ne savais pas quoi faire.

J'attendis qu'elle se calme.

La nuit tombait. Sur le pare-brise, le vent faisait trembler un prospectus coincé sous l'essuie-glace. Une pub pour la soirée du Nouvel An au « Country Disco Club ». Je revis passer la dame avec dans les bras son gosse à oreilles de lapin dont les petits doigts gracieux dépassaient des manches de l'anorak.

– C'est glauque, dit finalement Heidi.

Elle me regardait de biais, le front plissé. Je lui demandai ce qui était glauque. Elle détourna les yeux avec une moue de répugnance, démarra le moteur, puis s'immobilisa, les mains sur le volant.

– Je ne sais pas. Peut-être que tu n'aurais pas dû m'appeler… Oui, c'est ça, il aurait peut-être mieux valu que tu ne m'appelles pas…

Je l'écoutai sans comprendre où elle voulait en venir.

– Excuse-moi, Cesca… Ça doit être moi… Peut-être que je n'aurais pas dû venir… Peut-être que ça n'a plus de sens qu'on se voie… Je ne sais pas… Je crois que je te trouve triste… Oui… C'est ça, c'est le mot juste… Tu es devenue quelqu'un de triste… Ou alors, peut-être que… peut-être que tu as toujours été triste, peut-être que je m'en rends compte seulement maintenant… Quelqu'un de triste, qui rend les autres tristes…

Tu vois, j'étais super contente que tu me téléphones, je me suis dépêchée de venir, ça me faisait tellement plaisir de te voir, j'avais envie de te raconter plein de choses, et maintenant… maintenant, j'ai plus envie de rien.

Je sentais un froid m'envahir l'estomac.

Elle soupira, démarra la voiture et s'engagea sur l'avenue.

– Bon, bien sûr… Je pourrais te parler de ma passion pour mon travail… Je pourrais te raconter que j'ai un nouvel amoureux, qu'il est super gentil, mais… En fait, mon travail, dans le fond, pff… Je crois qu'on s'en fout… C'est un travail, quoi… Et mon copain, ben… voilà, quoi, qu'est-ce que je pourrais dire… Que ça se passe bien, qu'on a une belle complicité, qu'on sort, qu'on rigole… C'est vrai, mais bon… Celui-là ou un autre, si on réfléchit… Qu'est-ce qui a vraiment de la valeur, qu'est-ce qui mérite qu'on se réjouisse… Pas grand-chose, franchement… Pas grand-chose…

Je ne savais plus où regarder, ni comment me tenir dans la voiture.

– Tu veux que je te dépose quelque part ? Moi je vais… Je sais pas, dans le centre… Vers la rue Maqueda, peut-être… J'ai encore des cadeaux à acheter… Pff… Je me demande pourquoi je fais ça… Préparer Noël, faut vraiment être conne… Je suis conne, c'est ça… Ou alors, c'est le fait de te voir, ce que tu renvoies… Ça pèse tellement lourd… Du coup on se sent triste… et lourde… et conne…

Elle se tut.

Peut-être aurait-il fallu que je réponde quelque chose.

Je regardais l'avenue, la lumière jaune des réverbères qui défilaient. Je me souvenais qu'une fois, quand j'étais petite, une des premières fois où j'avais eu le droit d'être assise à l'avant, ma mère avait passé tout le trajet à parler de mon grand-père qui venait de lui annoncer son intention d'entrer dans une maison de retraite. On était juste toutes les deux dans la voiture, il faisait nuit aussi, et tout en conduisant, ma mère disait que la décision de mon grand-père était totalement prématurée, contraire au bon sens, qu'il n'avait rien à faire au milieu des vieux, qu'il allait s'emmerder à mort, qu'il allait dépérir, qu'elle ne comprenait pas pourquoi il voulait faire ça, alors qu'il était si simple pour lui de venir vivre avec nous ; et pendant qu'elle monologuait sur un ton étrangement détaché, presque absent, à peu près le ton sur lequel Heidi venait de me parler, je voyais des larmes couler sur ses joues. Et maintenant, je retrouvais cette même impression que la personne qui vous parle ne s'adresse pas à vous, ou plutôt s'adresse à quelqu'un qui, objectivement, ne peut être que vous, mais que vous ne connaissez pas, ou pas encore ; quelqu'un que vous êtes peut-être devenu sans vous en apercevoir ; je retrouvais ce défilement de la lumière des réverbères, le même que ce lointain soir exactement, qui me renvoyait la même impression de tranquillité muette, cette indifférence de la Nature que le poète appelle cruauté, mais qui à moi faisait l'effet d'une caresse rassurante, d'une preuve de l'éternelle continuité des choses. Tout comme ma mère, autrefois, m'avait révélée à moi-même en tant que grande fille à qui l'on pouvait confier des soucis importants, Heidi venait de me révéler en tant qu'amie glauque dont il valait mieux se tenir éloignée, et je restais paralysée par cette découverte : je ne savais pas du tout ce que cette fille-là, qui désenchantait la vie et que j'étais devenue d'un seul coup, pouvait dire, je ne savais pas si elle était du genre à s'excuser ou à plaisanter, si elle devait parler ou se taire. Et j'avais beau chercher, je ne trouvais pas de mouchoirs dans mes poches. Et je n'osais pas en demander à mon amie.

XVIII

Ce chat n'a aucune compassion. Je pourrais lui faire le récit le plus déchirant du monde qu'il continuerait de mâchonner ses croquettes à prix discount de la façon la plus outrancière, avec force bruits de mastication. On peut dire qu'il a l'indifférence décomplexée. Je pourrais l'envier, bien sûr. À vrai dire, je suis à deux doigts de l'envier. Je l'envie à mort. C'est mal. Il faut lutter contre la tentation de l'indifférence. Non par exigence morale, bien que je sois une personne moralement exigeante, mais par souci d'élégance, car l'indifférence est à la mode, et il ne faut jamais sacrifier à aucune mode, sinon comment ferait-on pour inventer la prochaine ? Ensuite, il s'agit d'une solution de facilité, d'une « passion triste » selon mon frère qui, avant de sombrer dans la surveillance balnéaire, a traversé une période où il lui était impossible de s'exprimer autrement que par Spinoza interposé. En outre, en diminuant le flux de ma relation sensible au monde, l'indifférence diminue du même coup ma puissance d'agir et ma liberté. Enfin, je ne suis ni un chat, ni un défilement de réverbères. Donc, je la refuse. Je préfère m'essuyer discrètement les yeux sur la manche de mon imper, et dire à Heidi de me déposer où ça l'arrange.

Ce fut devant chez mes parents.

J'allais sortir de la voiture lorsqu'elle attrapa mon bras :

– Francesca… Excuse-moi… Je ne sais pas pourquoi je t'ai dit tout ça… Je suis très fatiguée, ne fais pas attention…

Je la considérai, incapable de la moindre réaction. Elle me sourit avec effort, me demanda jusqu'à quand je restais et proposa qu'on se revoie. J'acquiesçai et lui rendis son sourire, puis sortis. Alors que j'allais claquer la portière, elle me dit encore d'embrasser mes parents. J'acquiesçai à nouveau, et m'éloignai avec un petit signe de la main.

En entrant dans l'appartement, je ne me sentais pas bien. J'avais toujours ce bloc froid au creux du ventre, avec en plus dans la tête une sensation de compression, comme si mon cerveau était devenu liquide. Je ne rêvais que de m'allonger dans un bain chaud, plein de mousse, et d'y rester le plus longtemps possible ; il me semblait que, peut-être, si j'y restais très longtemps, j'en ressortirais différente : peut-être que je serais redevenue celle que j'étais deux heures plus tôt, avant d'arriver sur la plage de Mondello ; ou peut-être que ce serait le monde autour qui aurait changé, peut-être que le temps aurait passé, Noël, et même l'hiver, et même l'année, peut-être même toutes les années qui restaient avant la soutenance de ma thèse ; peut-être que, en sortant de mon bain, j'aurais quarante ans et la moitié de ma vie derrière moi ; ou peut-être que j'allais traverser l'eau comme Alice le miroir, et que je me retrouverais dans un pays magique où Noël n'existerait pas, où ce seraient les piscines qui surveilleraient les philosophes, où des Africains s'engueuleraient sur le fait de savoir s'il faut ou non donner à manger aux profs de la Sorbonne.

Dans les histoires horribles, le bain attire le Mal. La position horizontale, la nudité, l'état de repos qui laisse place au délassement, puis à l'abandon, mettent le protagoniste dans une situation de vulnérabilité extrême. En cas de présence hostile dans les parages, cette vulnérabilité prend l'aspect d'une véritable invitation à l'agression. C'est donc le moment du bain que mon père choisit tout naturellement pour intervenir. Je le reconnus par élimination, aux petits coups prudents frappés à la porte (ma mère aurait hurlé derrière, ma sœur l'aurait ouverte directement, mon frère l'aurait défoncée à coups de pied). Je lui dis d'entrer. Il portait une planche, sur laquelle était posé un plateau, sur lequel étaient posés deux bougies allumées dans un chandelier, un grand verre de Prosecco et des toasts sur une serviette. Je n'eus pas l'énergie d'éprouver le moindre étonnement. Après avoir adroitement calé la planche en travers de la baignoire, il s'assit sur le rebord et me demanda si j'avais passé une bonne journée. En acquiesçant, je n'eus pas exactement l'impression de mentir : une journée aussi riche en surprises, en conversations, en découvertes de nature à bouleverser la perception que j'avais de moi-même et du monde, avec en prime un crépuscule doré sur l'une des plus belles plages de Sicile et une adorable amie qui me déposait en voiture juste devant la maison, ça n'était pas donné à tout le monde. Et pour couronner le tout, Roberto Randazzo m'apportait l'apéritif sur un plateau. Merci papa. Que c'était gentil. Que j'étais contente. Si je n'avais pas eu la force physique d'une octogénaire et la réactivité d'un sénateur, je lui aurais sauté au cou. De son côté, mon père me regardait fixement. Il n'avait pas l'air dans son état normal. Qu'allait-il encore m'arriver ? Je vis sa main s'avancer, planer quelques secondes au-dessus du plateau, comme si elle y cherchait quelque chose… quoi ? Je n'eus pas la force de garder plus longtemps les yeux ouverts et me retrouvai seule, accompagnée seulement des bruits environnants, le goutte-à-goutte du robinet, le murmure scintillant de la mousse qui fondait comme de la neige, le battement du sang dans mes tempes… et soudain, au bord de mes narines, une odeur sucrée.

– Ouvre la bouche.

Dans les histoires horribles, ce genre de moment est prévu : on installe le suspense en faisant appel à des références connues de tout le monde telles que *Psychose* ou *Les Griffes de la nuit*, on pousse la tension au maximum, et au dernier moment, hop ! séquence émotion. On a beau connaître les ficelles, c'est déconcertant. On peut même être un peu déçu. Sauf si c'est drôle. De fait, mon père me donnant la becquée assis sur le rebord de la baignoire avec sur le visage une expression proche de l'idiotie, je ne dirais pas que c'était à se tordre, mais le niveau de comique était quand même suffisant pour me donner l'énergie de sourire. Puis d'ouvrir la bouche. Puis de croquer dans le toast. Puis d'avaler une bouchée de foie gras. Puis de ne pas vomir en pensant à ce que les Français, qui se prennent pour les champions du monde en matière de raffinement, de lutte contre toutes les formes de barbarie et – surtout – de rationalité, font subir tous les ans à trente-cinq millions de canards pour tenter de métamorphoser leurs organes vitaux en blocs de Nutella®. J'employai mes dernières forces à tourner mes yeux vers le verre de Prosecco ; mon visiteur comprit l'urgence et m'en fit boire une gorgée.

– Merci, papa.

Un instant, il me considéra comme si j'avais parlé dans une langue étrangère, ou comme si ma petite phrase recouvrait un sens caché qui nécessitait un travail de décryptage. Puis il se détourna, l'air soudain agité de pensées trop complexes pour moi, trop profondes pour ne pas être dénaturées s'il tentait de me les rendre accessibles, mais qu'il avait quand même besoin d'exprimer.

– C'est drôle, ils sont tous très perturbés… Ta mère vient de me dire : « On va réveillonner français grâce à Francesca, pour Francesca, et *sans* Francesca… » Ça m'a laissé sans voix… Elle fait la forte, mais dans le fond, tu vois, elle est sentimentale… et peut-être un peu plus conformiste qu'elle n'en a l'air… On croit connaître les gens parce qu'on les voit tous les jours... On croit connaître sa femme...

Son regard s'était perdu. Dans la pâleur brumeuse de la salle de bains, à travers les traits affaissés, les pattes-d'oie et les premières taches de vieillesse, il me semblait voir le profil de l'adolescent qu'il avait été.

– Mais l'essentiel, ce qu'il y a au fond de quelqu'un, tout au fond, qu'est-ce qu'on en sait ?... Est-ce qu'il y a une personne au monde dont on puisse dire qu'on la connaît vraiment ?...

Il tourna vers moi des yeux complices.

– Tu le sais, toi ? D'ailleurs au fond, qu'est-ce qui compte le plus... Connaître quelqu'un, ou être là pour lui... Simplement là...

Il réprima un début de rire.

– Comme toi, tout de suite... Tu ne dis rien, tu prends ton bain... Peut-être que tu te demandes pourquoi ton vieux père te raconte toutes ces bêtises... Peut-être que tu le trouves un peu lourd, un peu... gâteux sur les bords... Mais ça ne fait rien. Ce qui compte, c'est que tout de suite, tu es là. Tu es là pour moi. Alors, Noël...

Il haussa les épaules et, du bout de l'index, presque distraitement, chassa une miette restée collée près de ma bouche :

– Noël, on s'en fout. Te laisse pas emmerder, ma fille... Te laisse pas culpabiliser... Ta vie n'en est encore qu'au début... Les autres essaieront toujours de décider pour toi de ce qui est important, de ce qui est grave ou pas grave... de ce qui est sacré ou pas sacré... Noël...

C'est une tradition, voilà… C'est sympa, les traditions, parce que… c'est des rendez-vous… des occasions. Mais ce qui compte, au fond, ce n'est pas de respecter les traditions ; ce qui compte, c'est d'être… comme toi et moi, tout de suite : au bon endroit au bon moment.

Il attendit quelques secondes, puis se pencha et murmura, les yeux étincelants :

– Et si les autres ne comprennent pas, tant pis pour eux !

XIX

Ça ferait une scène de fin parfaite. Sobre, avec ce qu'il faut de profondeur et de tendresse, sans oublier une touche de comique, le tout adroitement imbriqué de façon à plonger le spectateur dans un état idéal où ses besoins en matière de détente et d'émotion, et aussi de pistes de réflexion (pas trop compliquées) seraient également satisfaits ; une fin à l'esthétique résolument *mainstream* portée par l'interprétation intense de Tom Hanks et Kristen Stewart ; ensuite, tandis que la caméra circulerait dans l'appartement sur une musique feutrée, passant d'abord devant la petite sœur plantée face à la glace de sa chambre et considérant son fer à défriser d'un air méditatif, puis dans le salon où le grand frère accrocherait une boule dans le sapin pendant que la mère, l'extrémité d'une guirlande dans une main, reniflerait l'air ambiant, froncerait les sourcils et se dirigerait vers la cuisine où l'on verrait une casserole fumer abondamment, avant de survoler une dernière fois en travelling arrière

Palerme illuminée, on entendrait en voix off une phrase poétique, du genre :

« *Je ne savais toujours pas ce que je ferais le soir de Noël, mais je savais que, quoi qu'il arrive, il y avait sur cette terre une ville, et dans cette ville, une famille qui serait toujours là pour moi.* »

Mais les fins parfaites, ça n'existe qu'au cinéma.

Dans la vie, c'est beaucoup mieux : il n'y a pas de fin. Ni de perfection. En revanche, il y a de la profondeur, de la tendresse et des touches de comique ; mais les trois sont rarement réunis dans une même séquence. Ensuite, les pistes de réflexion sont plus nombreuses que dans les scénarios *mainstream*, mais également moins amusantes et, surtout, infiniment plus compliquées. Enfin, l'interprétation peut laisser à désirer. Les acteurs sont même souvent carrément mauvais. Mais je dois reconnaître que mon père, à la fin du dernier plan dans la salle de bains, ne s'en sortit pas mal du tout. Je ne sais pas comment ça se fait, d'habitude il manque un peu de charisme, mais quand il murmura « Et si les autres ne comprennent pas, tant pis pour eux » en plongeant ses yeux dans les miens, avec son petit sourire et sa voix fêlée, ça me fit frissonner. Je le regardai se lever, sortir et refermer la porte derrière lui avec admiration. Jamais il ne m'avait parlé comme ça, avec cette manière de s'adresser à ce qu'il y avait en moi de plus réel, voire de s'adresser, comme l'avait fait mon amie, à une partie de moi que je ne connaissais pas encore ; mais la Francesca qu'il me révélait n'était pas celle que Heidi avait raccompagnée en voiture, elle était tout le contraire : c'était une

Francesca qui donnait envie de vivre, qui valait le détour, une Francesca enthousiasmante et au-dessus du lot.

Lorsque mon père eut disparu, je restai un moment éblouie par cette découverte ; je me demandai ce que cette fille formidable que j'étais devenue d'un seul coup pourrait faire maintenant ; je ne savais pas si elle était du genre à boire d'un trait son verre de Prosecco ou à le déguster à petites gorgées, à finir son foie gras ou à le vomir dans la baignoire, ni même si elle aurait la force de sortir de cette baignoire. Mais ça n'avait pas d'importance : je savais que, quoi qu'elle fît, ce serait enthousiasmant et au-dessus du lot.

Te dirai-je, cher et noble animal qui ne te lasses jamais du piquant récit de mes aventures, combien la soirée qui suivit fut agréable ? Te dirai-je que, après avoir enfilé une tenue élégante, je fis une apparition remarquée dans la salle de séjour où mon frère accrochait une boule dans le sapin tandis que ma mère, l'extrémité d'une guirlande dans une main, souriait tendrement parce qu'elle avait pensé à baisser le gaz sous la casserole où mijotait la farce qui serait meilleure le lendemain, et de cette façon pouvait se consacrer sans la moindre inquiétude à la mise en beauté de la maison en vue de la Sainte Nuit ? Te dirai-je que, durant le dîner, ma sœur nous régala du récit de sa vie lycéenne où se côtoyaient quotidiennement curiosité intellectuelle, joies des activités sportives et apprentissage passionnant du travail en équipe grâce aux exposés d'histoire et de littérature, tandis que mon frère et mon père rivalisèrent de drôlerie pour nous remémorer d'anciennes vacances de Noël émaillées d'impayables parties de pêche sur l'Oreto sans appâts ou même sans hameçons, et autres expéditions pour aller chercher des champignons en pleine nuit dans le bois de la Ficuzza, et que ma mère, qui venait de découvrir la poésie baroque, nous récita des vers très beaux de Chiabrera qui comparaient les lèvres de la femme à des « roses purpurines » ouvertes sur le trésor des belles dents qu'elles protégeaient de leurs épines ? Te dirai-je qu'après le dîner, pris d'une soudaine envie de danser, mon père lança l'idée d'aller boire un verre au Country Disco Club, que tout le monde sauta de joie et que nous nous retrouvâmes une heure plus tard en train de nous trémousser sur *A far l'amore comincia tu* remixé par Bob Sinclar ?

Non. Je ne te le dirai pas, parce que c'est faux. Et je ne te dirai pas non plus que ma sortie de bain se déroula tristement, ni que, après avoir enfilé un jean et un vieux pull troué aux coudes, je fis une apparition qui passa totalement inaperçue dans la salle de séjour où mon frère pétait sur le canapé en feuilletant un vieux numéro d'*Au volant* tandis que ma mère, l'extrémité d'une guirlande dans une main, pleurait parce qu'elle venait de surprendre ma sœur en train de se scarifier dans sa chambre et que mon père la forçait à mettre quand même en beauté la maison en vue de la Sainte Nuit alors que la seule chose dont elle avait envie, c'était d'avaler une boîte de somnifères. Je ne te dirai pas ça non plus.

Que te dirai-je ?

Que ce fut une soirée normale ?

Es-tu bien sûr d'avoir envie qu'à ce stade de mon récit, je te raconte une soirée normale ?

Tu n'as pas peur de t'ennuyer, après toutes ces folles péripéties ?

Très bien.

Après le départ de mon père qui m'avait bien remonté le moral, et l'absorption à petites gorgées de mon verre qui m'avait bien remonté le moral aussi, ma sortie de bain se déroula plutôt paisiblement, dans la mesure où, n'ayant pas persévéré dans la dégustation des toasts, je ne vomis pas, et ne glissai pas non plus sur le carrelage pour me fracasser le crâne contre le rebord du bidet (car en Italie, même dans le Sud, même au milieu des ruines de la Seconde Guerre mondiale toujours pas finies de déblayer, même étranglés par le *pizzo*, terrorisés par les fusillades en pleine rue, abrutis par la téléréalité et désespérés par le taux de chômage des jeunes, on continue, contrairement à certains, à se laver correctement les fesses). Ensuite, je me faufilai dans ma chambre, où j'enfilai une tenue pas spécialement élégante mais quand même sympa, à savoir un petit pantalon de laine beige finement quadrillé, d'une coupe taille basse qui met les fesses en valeur tout en restant classe, les filles c'est chez H & M que je l'ai trouvé, dépêchez-vous c'est un modèle qui part très très vite, ainsi qu'un pull à col roulé en cachemire noir de chez Intimissimi et des bottines à talons toutes simples, et je fis mon apparition dans la salle de séjour déserte. Enfin, presque déserte. Pendant mon absence, un sapin avait été installé entre la télé et la bibliothèque.

Le sapin de Noël.

Il n'était pas encore décoré. L'odeur des aiguilles embaumait dans toute la pièce. Je m'arrêtai un instant pour le regarder, et fus assaillie par les inévitables réminiscences d'anciennes exultations de petite fille. Mais ça se passa plutôt bien : je ne me découvris ni submergée d'émotion ni froidement indifférente. En outre, ce type de réminiscence est intéressant en tant qu'il illustre la puissance phénoménale de l'imagination des enfants qui, à partir d'un sapin planté dans un seau, est capable de transformer la tiède Sicile qui l'entoure en royaume enneigé où tout le monde se déplace en traîneau ; et cependant, il faut reconnaître que l'imagination des grandes personnes est plus puissante encore, si j'en crois notre capacité à changer, par la grâce du yoga, une petite vie sans intérêt en long et passionnant chemin d'accomplissement intérieur, ou, par la magie de l'amour, l'ennui mortel en tendre succession de « rituels », ou, par la magie du désespoir, son chat en interlocuteur.

Ensuite, je me rendis dans la cuisine, où je me trouvai nez à nez avec mon frère et ma mère qui, attelés à la préparation de la farce pour le lendemain, m'accueillirent par des regards où ne se lisait rien de spécial. Mais je veux bien développer, ça ne me pose aucun problème : comme à son habitude, mon frère semblait haïr, non ma personne, mais la manière dont mon absence de personne avait le toupet de prétendre s'incarner en chair et en os à moins de trois mètres de lui sans lui avoir laissé le temps de se préparer à la violence du choc, et cependant il me sourit poliment ; quant à ma mère, elle ne semblait pas haïr ma personne mais la vie en général, puisqu'elle pleurait à chaudes larmes ; mais à y regarder de près, c'était parce qu'elle était en train d'émincer des oignons. Je sais, je suis désolée.

Le dîner qui suivit se caractérisa par la même absence d'événement significatif. Enfin, je crois. Pour être honnête, j'ai complètement oublié quels sujets furent abordés à table le soir du 23 décembre. À quoi est-ce que je pensais alors ? Qu'est-ce qui m'empêchait d'écouter la conversation ? Je ne m'en souviens pas non plus. Je pourrais raconter que pendant ce dîner où tout semblait normal, léger, rassurant, qui correspondait au moment d'accalmie dans les histoires horribles, je m'évertuai à donner le change, mais qu'au fond de moi j'étais troublée ; que je regardais mon père dîner et bavarder comme si de rien n'était, ce père qui m'avait dit, dans la salle de bains, des choses si inattendues, et que je me demandais qui était ce père que j'avais toujours cru connaître ; je pourrais raconter qu'après le dîner, tandis que ma mère se disputait au téléphone avec sa sœur au sujet du repas du 25, et que mon frère et ma sœur se disputaient devant l'ordinateur sur le choix d'un film à télécharger illégalement, j'observai discrètement, entre deux vagues prises de notes sur un des bouquins que j'avais emportés, cet homme qui faisait des mots croisés en plissant le nez pour empêcher ses lunettes de glisser, et que je me surpris à songer que les rapports père-fille, c'est souvent comme ça : on a beau se connaître, se parler tous les jours pendant des années, dans le fond chacun reste un mystère pour l'autre.

« Est-ce qu'il y a une personne au monde dont on puisse dire qu'on la connaît vraiment ?… »

Et derrière cette voix off au ton mélancolique, on entendrait une chanson méditative de Gianmaria Testa, du genre *Polvere di gesso*, ou bien la deuxième suite de Bach pour violoncelle, et on en conclurait que je porte sur l'existence un regard profond.

XX

Le matin du 24 décembre, je me réveillai dans la peau d'une grande intellectuelle. Huit heures de sommeil d'affilée, ça me fait toujours ça. Toutes mes connexions neuronales avaient été entièrement restaurées, mes idées s'étaient remises en place, mon avenir de nouveau illuminé ; tout me faisait l'effet d'une terre vierge à conquérir, tout me semblait un objet inconnu qui n'attendait que d'être étudié avec passion pour le progrès de la connaissance. Je n'étais plus enthousiasmante et au-dessus du lot, ça allait beaucoup plus loin : la chose et l'idée ne faisaient plus qu'un en moi, je volais littéralement au-dessus du monde, tout dépendait de moi, et moi, je ne dépendais plus de rien. J'adore ce genre d'état. Ça dure en général deux minutes et demie.

Ensuite, je pensai à la soirée qui m'attendait. À nouveau, je me demandai ce que j'allais en faire. Et pour nourrir cette réflexion, je mesurai tout ce que la journée de la veille m'avait appris, en termes d'expérience de soi et du monde. J'avais mené tant de batailles, j'avais rencontré tant d'obstacles, mais aussi tant de soutiens ; on m'avait fait trébucher, mais on m'avait aussi relevée ; et surtout, au bout de toutes ces épreuves, de toutes ces luttes, j'avais compris quelque chose de très important : je n'étais pas seule. Au milieu de tout ce chaos, il y avait quelqu'un qui ne me jugeait pas, qui me faisait confiance, quelqu'un qui, quoi que je fasse, me trouverait enthousiasmante et au-dessus du lot. Grâce au regard porté sur moi par cette personne, je n'avais plus besoin de prétexte, ni de solution de remplacement. J'étais forte, maintenant.

Ce que je ferais de cette soirée, c'était simple.

Rien.

Ne rien faire est simple. Pour ne rien faire, il n'y a pas besoin d'apprendre à ne rien faire. Tout comme il n'y a pas besoin d'apprendre à respirer pour savoir respirer. Ceux qui vous diront le contraire sont dangereux. Attention : vous ne les reconnaîtrez pas du premier coup d'œil ; ils ressemblent à s'y méprendre à des gens, souvent des personnes familières, des membres de votre entourage proche ; un peu comme dans les histoires horribles, quand l'ennemi est à l'intérieur, dissimulé au protagoniste sous les traits du plombier ou de sa femme de ménage, ou même de son propre enfant. Mais quel que soit leur visage, ne vous y trompez pas : ceux qui vous disent que respirer ça s'apprend ne sont pas des gens. Ce sont des *agents*.

Je ne voulais pas le dire pour ne pas déclencher une panique, mais c'est trop grave, alors voilà : ce sont des agents payés par l'industrie du « développement personnel », dont l'intérêt est de vous faire croire que vous ne savez pas faire ce que vous savez faire et que vous n'êtes pas encore la personne que vous êtes déjà. Ils veulent vous faire croire ça pour vous vendre leurs produits, bien sûr, leurs thérapies, leurs coaches, leurs cours de yoga en entreprise, et ça marche, le chiffre d'affaires du secteur est en explosion ces dernières années, on parle de milliards d'euros, mais ce n'est que la partie émergée de l'iceberg ; si on va plus loin, on découvre que l'industrie du développement personnel a passé des accords avec de nombreux autres secteurs de l'économie, dans tous les domaines : habillement, produits de beauté, agroalimentaire, culture, divertissement, automobile, armement, médias, tous les secteurs sont concernés. Et que font-ils, ces autres secteurs concernés ? Ils investissent. Chaque année, ils débloquent des fonds secrets au bénéfice des centres de méditation pleine conscience, des producteurs de tisanes bio, des compositeurs de musique de relaxation, et surtout : des professeurs de yoga en entreprise. Et pourquoi le font-ils ? Pour vous modifier. Pour changer l'ordre de vos préoccupations. Parce que plus vous penserez que l'important dans la vie, c'est de se reconnecter à l'essentiel, et que l'essentiel, c'est ce qu'il se passe à l'intérieur de vous, moins vous accorderez d'importance à ce qu'il se passe à l'extérieur ; plus vous vous intéresserez à la manière dont vous fonctionnez en profondeur, moins il y aura de place dans votre cerveau pour la manière dont le monde fonctionne en profondeur ; et au bout de ce processus, qu'adviendra-t-il ? Vous ne saurez plus regarder que vous. Quel que soit le problème, vous croirez qu'il est en vous, et que la solution aussi est en vous. Dès lors, quand vous penserez au sort que les Français réservent à leurs canards, vous n'envisagerez plus d'aller sauver, pas forcément les trente-cinq millions comme vous êtes en train de le projeter, bien sûr, mais ne serait-ce qu'une centaine de canards ; même pas, juste une dizaine. Un canard. Rien qu'un. Même un seul canard, vous n'aurez plus l'idée d'essayer de le sauver. Parce qu'alors, quand vous penserez à la manière dont le foie gras est obtenu, qu'est-ce que vous ferez ? Vous trouverez ça angoissant. Et pour évacuer cette angoisse, vous vous mettrez dans la position du lotus, vous ferez le vide dans votre esprit, vous vous concentrerez sur votre respiration, vous vous reconnecterez à vos émotions, vous mettrez toute votre énergie à retrouver votre moi profond, à vous recentrer, à vous aimer, et ça marchera : vous vous sentirez mieux, vous tirerez un grand bénéfice de ce petit rendez-vous avec vous-même, vous accéderez au bien-être, et comme l'activité physique ça donne toujours un petit creux, vous irez vous faire une bonne tartine de foie gras.

(Bien entendu, je choisis l'exemple du foie gras par élégance, pour ne pas alourdir mon récit avec des questions de déforestation, de défiscalisation, de délocalisations, d'exploitation sexuelle, de haine raciale, de trafic d'organes et de ceintures d'explosifs, mais je crois que le message est clair.)

Donc, le matin du 24 décembre, je décidai que le soir, je ne ferais rien. C'est-à-dire que je sortirais de la maison avec mon ordinateur, j'irais me poser quelque part où il y aurait du réseau, je me connecterais à Skype, et là, je tiendrais compagnie à Serguei Ivanovitch Dumollard jusqu'à ce qu'il en ait marre, et *basta*. À la limite, si j'avais faim, j'irais m'acheter un kebab ou une part de sfincione. Et si j'avais soif ? Si j'avais soif, je trouverais une fontaine d'eau potable et j'essaierais d'atteindre le jet sans avoir à traverser le bassin à pied ; non que je craignisse la comparaison avec Anita Ekberg, mais je n'avais pas de bottes en caoutchouc à dissimuler sous ma robe de Gherardi, ni de robe de Gherardi d'ailleurs, donc si c'était trop compliqué, j'irais plutôt m'acheter une canette de bière, et de cette façon je ressemblerais très fidèlement à une pauvre fille qui se soûle toute seule dans les rues désertes le soir de Noël.

Grisée par cette perspective, je bondis hors de mon lit, me précipitai devant le miroir de la salle de bains et déclarai la guerre au jour nouveau en lui disant droit dans les yeux : « Ce n'est pas toi qui décideras de ma vie ! », puis j'enfilai un peignoir pour aller prendre mon petit déjeuner. À l'idée du premier bastoncino qui m'entrerait dans la bouche, suivi de très près par la première gorgée de café, mes papilles frétillaient et, cette fois, je ne laisserais personne me distraire de ce plaisir, aucune sœur inquisitrice, aucune mère castratrice, aucun père merveilleux ; seuls compteraient le craquement pur du biscuit sous mes dents et le déferlement du café par-dessus, cette chaleur torréfiée qui fait fondre entièrement l'intérieur de la bouche et transforme chaque parcelle de soi en élément moelleux, voilà ce que c'est que le bonheur, voilà comment on se reconnecte à ses émotions et à son moi profond. Je m'en faisais une fête. Je traversai l'appartement en sautillant sur le parquet, et j'allais faire mon entrée dans la cuisine, lorsque j'entendis qu'on y parlait.

Ne me regarde pas comme ça, Souris. Je sais parfaitement que dans une cuisine, les gens parlent. C'est très fréquent. Simplement, je ne sais pas comment c'est en France, il faudra que tu me l'expliques, mais dans les cuisines italiennes, en principe, on parle à voix haute. Je ne veux pas dire qu'on parle fort, je t'en prie, ça c'est un cliché xénophobe, tout comme de laisser entendre qu'on ne parle qu'avec les mains ; mais enfin, on sait faire la différence entre une cuisine et une chapelle. Donc je me demandai ce qui motivait ce chuchotement, m'immobilisai, puis m'approchai à pas de loup de l'embrasure de la porte. Puis je m'immobilisai à nouveau.

C'est très mal d'espionner. Je ne le fais jamais. C'est une chose qui ne peut même pas me traverser l'esprit, pas parce que je suis trop naïve pour y penser, ni parce que j'aurais trop peur qu'on me surprenne, non ; simplement, je considère que l'indiscrétion n'est pas une option, pour moi c'est moralement inenvisageable, injustifiable et impardonnable, je ne peux pas comprendre qu'une personne civilisée puisse tomber si bas, vraiment quelle tristesse, d'autant plus qu'il y a tellement d'autres moyens de s'informer, surtout aujourd'hui avec les nouvelles technologies ; mais c'est vrai qu'en écoutant aux portes, on gagne un temps fou.

– On ne peut pas lui dire, Chiara... Je ne veux pas... Tu ne te rends pas compte... On ne peut pas lui annoncer ça, et ensuite la laisser repartir toute seule à Paris...

Je retins mon souffle.

– Maman, je t'en supplie, il faut lui dire... En plus, elle ne sera pas là ce soir... Si on ne lui dit pas, elle s'en voudra toute sa vie de ne pas avoir été avec lui pour son dernier Noël...

Je cessai de respirer.

– Non, je ne veux pas lui foutre en l'air son année de fac... À quoi ça servirait, qu'est-ce que tu veux qu'elle fasse à distance...

– Mais maman, c'est complètement dingue... On ne peut pas lui cacher ça... Elle ne nous le pardonnerait jamais...

J'entrai dans la cuisine.

XXI

Ma mère et ma sœur me regardaient, assises côte à côte, la tête rentrée dans les épaules. J'ouvris la bouche, mais aucun son ne sortit. Je ne savais pas quelle question poser, ni comment construire une phrase. Comme un robot, je me dirigeai vers la zone où étaient rassemblés les éléments nécessaires à la préparation du café. Je vis des mains qui semblaient m'appartenir dévisser un couvercle, attraper la mesurette et la plonger dans le pot. J'observais en spectatrice la préparation de mon petit déjeuner. Je découvrais la complexité de processus qui d'habitude paraissent évidents, mais qui obéissent à des lois multiples, certaines très mystérieuses : pourquoi personne ne parlait jamais de la manière dont la poudre de café, à mesure qu'elle se tasse, perd ses propriétés composites pour devenir une matière tout à fait autre, dont la texture fait penser à celle du fard à paupières ? Pourquoi n'était-il jamais question, dans la littérature et dans les arts, de l'analogie entre le bruit de l'acier qui se pose sur une grille de fonte et celui d'une porte de garage que l'on ferme ? Et le souffle du gaz qui prend feu, qui l'avait déjà écouté ? Qui avait déjà remarqué à quel point il ressemble à celui d'un drap secoué au-dessus du vide ?

– C'est pas encore sûr, murmura ma mère.

– T'inquiète pas, murmura ma sœur.

Je me retournai.

Je ne sais plus comment je parvins à articuler : « Qu'est-ce qui n'est pas encore sûr ? », ni laquelle des deux me précisa qu'il fallait d'abord faire une IRM, ensuite une biopsie, et ensuite seulement, on saurait si mon père avait une *tumeur au cerveau.*

– Mais les migraines peuvent très bien venir d'un problème bénin, un peu de fatigue ou d'hypertension, donc il ne faut pas du tout qu'on panique, pas du tout.

Je ne devais pas avoir l'air très soulagée.

– Je sais, tu nous as entendues en arrivant… Par moments, on s'angoisse, mais si ça se trouve, c'est rien du tout… C'est pour ça que je ne voulais pas te le dire, enfin pas tout de suite… Tu es fâchée ?

Elle me demandait si j'étais fâchée.

Maman.

Elle m'appelait « ma chérie » avec une voix d'enfant coupable, et elle me demandait si j'étais fâchée. J'allai jusqu'à elle, je l'entourai de mes bras et serrai le plus fort que je pouvais. Je tendis ensuite un bras vers Chiara et l'attirai vers moi. Ma petite sœur, qui ne voulait pas qu'on me dissimule la vérité. Elles avaient toutes les deux raison, bien sûr ! Comment avais-je pu être aussi odieuse depuis mon arrivée ? Pas un instant je n'avais eu un mot gentil, un geste tendre à leur égard ! Pas une fois je ne m'étais départie de mon ironie prétentieuse, au contraire, je m'étais acharnée à les humilier, à les réduire à l'état de petits personnages dont la seule fonction était d'aller ou de ne pas aller dans le sens de mon caprice ! Est-ce que je les avais regardées un instant rien que pour elles-mêmes, par rapport à elles-mêmes ? Et Tommaso, est-ce que je lui avais seulement demandé comment il allait, au café Spinnato ? Et papa ? Mon petit papa ! Mon papa chéri, qui était venu s'asseoir, l'air de rien, sur le bord de la baignoire, pour me dire les choses les plus gentilles du monde, mon papa qui ne voulait que me laisser le souvenir d'un moment privilégié ensemble, où était-il ?

– Parti t'acheter un cadeau, dit ma sœur, qui s'empressa d'ajouter : Mais pas un cadeau de Noël !

Ma mère précisa :

– Il m'a dit : « Elle a du cran, elle sait ce qu'elle veut, elle résiste à votre chantage affectif, ça mérite une récompense. »

Les larmes lui montèrent aux yeux :

– Pardon, ma Francesca, ma belle Cesca, j'ai été insupportable…

Et Chiara se mit à pleurer à son tour :

– Moi aussi… Pardon, pardon !

Elles me demandaient pardon ? Elles avaient tout tenté pour m'empêcher de faire une énorme bêtise, pour me protéger contre moi-même, de façon que je ne passe pas le reste ma vie à me reprocher de ne pas avoir été au bon endroit au bon moment, et elles me demandaient pardon ? Et papa était parti m'acheter un cadeau ? Un cadeau, à moi ? Et Tommaso, quand arriverait-il ? Et la dinde, à quelle heure fallait-il la mettre au four ? Est-ce que les marrons étaient décongelés ? Le sapin, qui s'occuperait de le décorer ? Et moi qui étais venue sans cadeaux ! Il fallait absolument que j'aille en ville tout de suite ! Est-ce que je pouvais prendre la voiture de maman ? Vraiment ? Et Chiara, elle voulait bien venir avec moi ? Oui ? Sûr ? L'émotion me submergea :

– Oh ! Merci, merci ! Pardonnez-moi, quelle idée j'ai eue, je suis désolée ! Ça n'avait aucun sens ! C'était idiot, c'était méchant, pardon, je regrette tellement, je ne sais pas pourquoi j'ai voulu faire ça, il ne faut plus y penser, d'accord ? Je suis là, maintenant, je suis là ! Je suis avec vous !

Et la matinée qui suivit fut incroyable.

Tout m'arrivait pour la première fois. C'était la première fois que je conduisais la voiture de ma mère, que je marchais dans Palerme, que j'entrais dans des magasins. Auparavant, je n'avais jamais vu de passants, ni de carabiniers, ni de guirlandes électriques sur les façades, ni de crèches dans les vitrines. Et tout m'inspirait le plus grand respect. Je ne portais plus de jugements. Je n'étais plus qu'émotion et disponibilité à la beauté du monde. Je demandais conseil à Chiara pour tout, et tout ce qu'elle disait me plaisait ; je me sentais portée par sa présence à mes côtés, et aussi par celle des autres, ces gens extraordinaires qui nous bousculaient, ces magnifiques pères

Noël qui agitaient leur clochette, ces enfants adorables qu'on tirait par la manche ; même les objets que mes doigts touchaient ou effleuraient, les poignées de porte, les tickets de caisse me souhaitaient la bienvenue, ils me faisaient fête, ils m'accueillaient comme si le mal que j'avais fait ne pouvait rien inspirer d'autre que la joie des retrouvailles. Et tout cet amour que je recevais, j'avais envie de le rendre. Par exemple chez Zara, où Kiki me conseilla un gilet à fleurs pour maman, je vérifiai comme toujours l'étiquette, mais en lisant *Made in Bangladesh*, au lieu de quitter les lieux en exprimant une indignation aussi valorisante sur la forme que peu engageante sur le fond, je me contentai de replacer discrètement le gilet sur son cintre et de reporter mon choix sur un autre article. Chez NaturaSì, alors que nous passions devant le rayon qui proposait des infusions relaxantes et des tapis de méditation, je considérai d'une nouvelle manière tous ces gens passionnés qui s'engagent, toutes ces entreprises qui travaillent sans relâche à promouvoir et à faciliter la rencontre entre soi et soi, je compris leur démarche, et je dénichai pour mon frère un très joli coffret « Pleine conscience de Noël » qui contenait un assortiment d'huiles essentielles de houx et de cannelle, le livre *Où tu vas, tu es* du docteur Jon Kabat-Zinn illustré à la main par des bergers des montagnes de Bolivie, et une petite pyramide en orgonite qui diffuse des énergies positives dans toute la maison si on la pose sur une étagère et qui, placée dans le rectum, favorise le transit intestinal. Ma sœur approuva ce choix ; je la regardais évoluer d'un magasin à l'autre, de rayon en rayon, j'étais émerveillée par le sang-froid qu'elle gardait face à la situation alors que j'avais les larmes aux yeux en permanence, incapable que j'étais de penser à autre chose qu'à mon père. C'était pour lui que je choisissais chaque cadeau, pour lui que je n'étais incommodée ni par la chaleur suffocante ni par la cohue des files d'attente, pour lui que je goûtais l'éclat tape-à-l'œil des étalages et la musique vulgaire des galeries commerciales, pour lui, surtout, qu'atteindre au bonheur ne signifiait plus avoir ce que je voulais, mais *vouloir ce que j'avais*. Et ce que j'avais, c'était une famille. Et avec cette famille, j'allais passer Noël.

J'ai besoin d'une pause.

XXII

La thèse sur laquelle je travaille s'intitule : « Un Moyen Âge sans nom : expiations héroïques, bûchers cathartiques, croisades symboliques dans la littérature italienne du XXe siècle ». J'aimerais pouvoir rendre compte ici, sans entrer dans les détails mais sans en éluder les sinuosités, d'un travail de recherche qui dure depuis deux ans et qui s'est déroulé sur deux campus – à Pise d'abord, durant ma deuxième année de master, puis à Paris. La présentation de cette recherche se déroulera en trois moments. Je montrerai d'abord comment une certaine méthode d'évaluation pratiquée par l'institution universitaire, que j'appelle la cooptation dégueulasse, m'a amenée progressivement à la circonscription, puis à l'intitulé de mon sujet. J'évoquerai ensuite les recherches qui m'ont conduite à explorer ce qu'on pourrait appeler la face médiévale de la littérature post-révolution industrielle, à savoir la persistance de paradigmes propres à la culture féodale au cœur même de la modernité littéraire. J'expliquerai comment cette persistance, tout à la fois thématique, esthétique et structurelle, ne se répercute pas dans la réception critique des œuvres, laquelle fait souvent apparaître comme de dangereuses innovations les éléments les plus facilement rattachables au corpus culturel médiéval[1]. Le dernier moment de cette présentation sera consacré à deux romans que j'ai particulièrement étudiés et qui occupent une place centrale dans cette présence occulte du Moyen Âge dans la littérature contemporaine : *Le Baron perché* de Calvino et *Les Nouveaux Libertins* de Pier Vittorio Tondelli, ce dernier examiné en parallèle avec le chant VIII du « Paradis » de Dante.

Tout d'abord, si j'ai choisi ce sujet pour ma thèse, c'est parce que j'aime rire. C'est ce que je préfère, dans la vie. Rire. Et j'ai coutume de rire en priorité des choses les plus stupides, par exemple quand je vois un passant glisser sur une peau de banane, ou un orateur très sérieux qui, au milieu du silence lourd de sens qu'il a lui-même ménagé, pète. J'ai le rire bête. Les choses intelligemment drôles me font sourire, bien sûr, parfois même sourire aux éclats, si l'on peut me passer l'expression – mon chat ne réagit pas : il ne connaît aucune expression, donc je peux faire ce que je veux ; il m'arrive, donc, de sourire aux éclats de ce qui est d'un comique subtil, tandis que je ne ris véritablement qu'aux gros gags bien lourds. Ainsi, le fait de réaliser, durant la préparation de mon

1. On pense aux scandales lors de la parution de *Viva Caporetto* de Curzio Malaparte, en 1921, ou des *Ragazzi* de Pier Paolo Pasolini, en 1955.

master, que le Moyen Âge n'était pas du tout absent de notre littérature de toutes les révolutions, et de découvrir sa présence si prégnante, si centrale parfois, au milieu d'œuvres considérées comme emblématiques de la plus pure avant-garde, me fit souvent pouffer au beau milieu de la bibliothèque de la Normale. L'effet « C'est celui qui dit qui l'est ! », je ne résiste pas. Ne me jugez pas. Toujours est-il que je me découvris une vocation de détective, de plus en plus exaltée à l'idée de traquer chez les plus subversifs de nos auteurs les empreintes du *dolce stil novo* et de la poésie épique – cela non pour disqualifier l'innovation en soi, attention, mais pour remettre un petit peu notre époque à sa place, pardon, « tenter de la remettre en perspective », de façon à faire un peu de place pour la littérature de demain. Car, oui, j'ai cette ambition. D'une manière générale, je pense qu'il faut avoir de l'ambition dans la vie. Simplement, il ne faut le dire à personne. Pas même à soi.

Ensuite, j'ai énormément travaillé sur le titre. Un titre de thèse, s'il est bon, possède deux vertus. La première est de stimuler intellectuellement le chercheur, dans mon cas la chercheuse, parce que s'il a une vraie force d'appel, il aiguise sa curiosité, il lui donne une envie brûlante de savoir quel est le contenu annoncé, et comme ce contenu n'existe pas encore, et que la chercheuse n'a pas le budget pour payer quelqu'un pendant cinq ans pour l'élaborer à sa place, il ne lui reste plus qu'à s'en charger en s'efforçant d'être à la hauteur de l'attente en elle-même suscitée. La seconde vertu d'un bon titre est qu'il garantit les félicitations du jury lors de la soutenance.

Alors ici, attention. Je ne veux pas dire ce que j'ai l'air de dire. Pas un instant je ne suggère que les individus qui composent un jury de thèse sont de nature à se laisser éblouir par un titre au point de ne plus s'inquiéter de la qualité du travail. Le bon titre est simplement un point d'appui pour leur faculté de juger. Un petit pense-bête, au cas où l'exigence de la chercheuse pourrait être renvoyée au bas du top ten de leurs critères d'évaluation.

Car ce n'est pas à l'excellence que vont les félicitations du jury. Jamais. C'est à l'*exigence.* L'excellence, dans le monde du Savoir, ça court les rues, c'est vulgaire. Et surtout, ça ne peut pas dépasser un certain niveau. À son point extrême, chauffée à blanc, l'excellence change de nature, elle se mue en talent, et le talent n'a rien à faire à l'université. En revanche, l'exigence n'a pas de limites. L'exigence voit toujours plus loin, elle trouve toujours à redire, à revoir, à reconsidérer, à « remettre en perspective ». Pour le dire autrement, l'exigence universitaire équivaut à la maîtrise technique dans le sport. Ça ne garantit pas l'intérêt du spectacle, ça peut produire des résultats totalement dépourvus d'intérêt, mais ça rend inattaquable. Mais là-dessus, je reviendrai. En revanche, sur la présentation de mon travail de recherche, je ne reviendrai pas, et cela pour deux raisons. D'abord parce qu'il s'agit d'un travail en cours d'élaboration, ce qui requiert un minimum de discrétion ; ensuite parce que ce n'est pas ce que j'ai entrepris au début de l'après-midi, quand je me suis mise à parler à ce chat ; ce n'est pas ce que je lui ai vendu : je me suis engagée à raconter mon Noël à Palerme, j'irai jusqu'au bout.

Où en étais-je ?

Oui.

Peut-être à ce stade serait-il judicieux de résumer la situation.

Il était une fois une jeune princesse qui avait fui son royaume dévasté par le chômage de masse et le cynisme politique pour un pays lointain, au-delà des montagnes, également dévasté par le chômage de masse et le cynisme politique, mais où une légende disait que la Connaissance était parfois récompensée par un minable poste de chargée de cours sous-payée. La princesse, qui était belle et intelligente, dissimulait ses habits brodés d'or et de diamants sous des hardes de chez Camaïeu cousues à la main par des enfants sri-lankais dont tout le monde se fout, ce qui lui permettait de se faire passer pour une pauvre étudiante en Erasmus. C'est sous cet habile déguisement qu'elle fit la rencontre d'un petit baron de belle allure qui, bien qu'étant de la fanfare, la gratifia d'un rapport complet et de qualité. Un soir, comme elle se prétendait émancipée du carcan culturel d'Ytaille, il la mit au défi de le prouver. Piquée au vif, la princesse releva le gant et se rendit dans son royaume où elle annonça au roi et à la reine que cette année, on festoierait sans elle. Aussitôt, à sa grande surprise, ce ne fut dans tout le palais que pleurs et hurlements, car le scandale était immense ! Seul le roi son père, qui la préférait à tous ses enfants car la grâce et l'ingéniosité de cette princesse n'avaient point d'égales, approuva son projet. Or le roi était gravement malade. C'est pourquoi on avait tenté de retenir la princesse qui, lorsqu'elle l'apprit, se rendit compte de la vilenie de son projet, se traîna à genoux pour demander pardon à toute la maisonnée, et s'en alla faire des courses avec la jeune princesse sa sœur qui était bien gentille. Dans la forêt enchantée des magasins envahis par le peuple miséreux, elle trouva plein de cadeaux sympas pour tout le monde et fit chauffer sa carte bancaire, car dans son cœur il n'y avait plus que 1° de l'amour, 2° la conscience que chaque instant passé en famille est plus précieux que tout, et 3° la hâte de savourer ces heures privilégiées où la table scintille et où la joie illumine les yeux des grands et des petits.

Mais je n'avais pas oublié Serguei Jean-Michovitch. Au contraire : après le déjeuner, enfermée dans ma chambre, tandis que j'emballais les cadeaux étalés sur mon lit, et tout en fredonnant un joli chant sicilien de Noël intitulé *Susi pasturi*, je mesurai combien il avait eu raison : l'appartenance n'était pas une fiction qui mène à l'obscurantisme et à la guerre, comme je l'avais cru, mais un lien conscient et nécessaire avec nos racines, qui sont ce qui nous maintient debout ; l'appartenance était une chose très jolie, parfois instrumentalisée, hélas, à des fins répréhensibles, mais qui en elle-même n'était pour rien dans les malheurs de l'humanité. Ma mère avait raison, je m'étais trompée d'ennemi. Aussi décidai-je, tout en faisant friser le bolduc, de me connecter à Skype à vingt heures pour annoncer à Serguei qu'il avait gagné, que je passerais Noël en famille, que bien sûr tout le monde ici était très inquiet pour le roi mon père mais qu'on allait se serrer les coudes, et que je ne m'étais jamais sentie aussi en accord avec moi-même, et avant de cliquer sur le petit bouton rouge pour mettre fin à la communication, je le remercierais d'avoir, le premier, tenté de me ramener vers la vérité, et je lui souhaiterais un très joyeux Noël en compagnie de son papa malade avec lequel chaque moment devait être savouré, car qui sait combien de temps il nous reste pour dire à ceux qui comptent combien nous les aimons ?

Mon chat s'est endormi. Il est possible d'interpréter cet événement de deux façons : soit mon histoire est devenue à son goût d'un ennui mortel, auquel cas j'ai affaire à un animal cynique et décadent, incapable de s'intéresser à la beauté et à l'harmonie entre les personnes, et là ça va être compliqué de continuer à l'héberger gratuitement ; soit mon histoire a enfin trouvé une conclusion heureuse, aux propriétés relaxantes et apaisantes, auquel cas il ne dort pas, il est en train de m'écouter en pleine conscience ; ou alors, troisième possibilité : il ne dort pas mais s'est retiré en lui-même pour délibérer de la question de savoir si je suis tout à fait sincère, car il croit percevoir une nuance d'ironie dans la manière dont je retrace mon état d'esprit tandis que je procédais à l'emballage des cadeaux sur mon lit. Dans ce cas, je me dois de l'éclairer. Ce que tu ressens est juste, Souris. Il y a ironie. Pourquoi ? Mais parce que je suis partie sur un récit acide, voire corrosif ; si d'un seul coup je me mets à verser dans l'étalage de bons sentiments, que se passera-t-il ? Tu ne voudras pas rester une minute de plus dans la même pièce que moi, tu te sauveras par la fenêtre, et tu mourras de froid. C'est pour ton bien que je fanfaronne en racontant ce moment, alors qu'en réalité je continuais de pleurer tout en faisant mes paquets.

J'avais, à ce stade, deux problèmes à résoudre. Un problème d'honnêteté intellectuelle vis-à-vis de ma famille, et un problème de papier cadeau qui avait tendance à se déchirer quand on le repliait sur les bords. Ma famille n'était pas de ces tribus obsédées par l'autocélébration, qui imposent un moule à leurs membres, qui disqualifient l'aventure individuelle ; dans ma famille, chacun pouvait choisir librement son destin et cultiver sa part de solitude ; la religion y était considérée comme une affaire de foi et non une obligation, les plus anciens eux-mêmes entretenaient un rapport détendu avec les traditions ; Noël, par exemple, y était fêté sans pression excessive, on s'y prenait au dernier moment, on achetait le sapin en catastrophe et on ratait souvent le début de la messe de minuit ; au déjeuner du lendemain, qui pouvait sembler typiquement sicilien puisqu'il réunissait toutes les générations, l'ambiance était très cool, chacun apportait un plat ou un gâteau de son choix, ou même rien du tout, personne ne jugeait personne, par exemple si un neveu travaillait en slip de bain et tongs Havaianas®, aucun problème, on acceptait sa différence. Je réalisais (tout en essayant de scotcher les côtés de mes paquets sans m'énerver) que depuis mon arrivée à Palerme je n'avais fait que m'inventer une famille insidieusement conservatrice de façon à donner du sens à ce qui, sous couvert de pari sans importance, n'était rien d'autre qu'une terrifiante entreprise d'expérimentation sur le vivant. Fêter Noël, à présent, ce n'était donc pas seulement recommencer à zéro la moitié de mes emballages (vu qu'en essayant de déplacer les morceaux de scotch j'avais complètement déchiré le papier), c'était rendre justice aux miens en rétablissant la vérité.

XXIII

Qu'est-ce que la vérité ?

Pour moi, je dirais que c'est d'abord un objectif. Pas toujours facile à identifier, encore moins à atteindre, et d'autant plus attirant qu'il se dérobe. La vérité aime se cacher. C'est peut-être là son activité favorite. Et comme elle est maligne, elle ne se contente pas de se cacher derrière des mensonges, quelquefois elle se cache derrière d'autres vérités, ce qui rend son identification encore plus compliquée, même en utilisant des outils de géolocalisation. Et cependant, ce qui empêche le plus souvent de s'approcher de la vérité, ce n'est pas de la confondre avec un mensonge, ni avec une autre vérité. C'est de l'avoir enfin trouvée.

J'avais conscience de ce problème, le 24 décembre, tout en refaisant mes emballages de cadeaux avec une patience infinie ; je ne pensais pas avoir enfin trouvé la vérité ; tout au plus me disais-je, ou plutôt sentais-je, qu'après m'être perdue en route, à nouveau j'avançais dans la bonne direction. D'ailleurs, la qualité de mon travail s'en ressentait : je réussis beaucoup mieux la deuxième version de mes paquets, presque sans réparations sur les côtés, de plus je m'étais souvenue qu'en plaçant la lame des ciseaux en biais on obtient un effet à l'anglaise, aussi les torsades du bolduc se révélèrent-elles de qualité professionnelle. Je venais de terminer, quand soudain j'entendis la porte d'entrée claquer dans le couloir, signe que mon frère arrivait, signe qu'on allait se mettre à faire la cuisine. Vite, je dissimulai tous les paquets derrière mes peluches et mes petits coussins brodés, et sortis de ma chambre en prenant l'air exagérément innocent, selon la règle universelle des préparatifs de Noël dont le taux d'excitation nécessite que tout le monde se doute de ce que vous mijotez. Mais à la vue de Tommaso, je m'immobilisai, glacée.

Il portait une chapka.

Immédiatement, je retournai dans ma chambre et m'y enfermai à double tour. Qu'est-ce que j'avais fait des tickets de caisse ? Est-ce que je les avais gardés ou jetés à la poubelle ? Je rampai sous mon lit. Les cadeaux étaient *sur* mon lit. Où était-elle ? Non, pas là. Le gros paquet mou, sous ma peluche « Dragon Ball Z » ? Oui ! Et les tickets ? Au fond d'un sac, peut-être ? Lequel ? Zara, NaturaSì… Celio ! Chapka ; modèle Vika ; 19,99 euros. Kiki ne perdait rien pour attendre. Ou alors, il venait juste de se l'acheter ? On réglerait ça plus tard. Là, il fallait que je retourne en vitesse au centre commercial de la rue Lanza di Scalea ; je ferais un échange, contre quoi ? Une chemise *slim fit*, une ceinture imitation croco ? Je me dépêchai de fourrer le paquet dans un sac avec le ticket, ressortis de la chambre, trouvai mon frère toujours planté dans le couloir et lui souris de toutes mes dents.

– Ça va, Cesca ?

J'attrapai mon imperméable.

– Où tu vas ?

J'étais déjà sur le palier ; je me retournai et lui fis une espèce de signe complètement idiot avec les mains, qui était censé vouloir dire que j'avais oublié un rendez-vous très important, puis me ruai dans les escaliers. Mais après quelques secondes, j'entendis qu'on dévalait au-dessus de moi. C'était lui. Arrivé à ma hauteur, il me prit le bras.

– Qu'est-ce que tu fous ?

Ses yeux étincelaient. Je voulus lui dire de se calmer, que tout allait bien, que je passais Noël à la maison, que je m'absentais juste pour faire une course, mais il ne m'en laissa pas le temps :

– Tu sais pour papa ?

Je me dépêchai d'acquiescer.

– Et tu t'en vas quand même ? Tu ne passes pas Noël avec nous ?

Il me faisait mal. Je tentai de me dégager, mais il me serra encore plus fort.

– Arrête tes conneries, putain ! Papa entre à l'hôpital dans trois jours.

Je le dévisageai.

– Tu comprends ?

Je ne comprenais pas, non. Pas du tout.

– La tumeur est inopérable.

Je ne ressentis rien. Juste un grand vide qui s'ouvrait à l'intérieur de moi, un trou dans lequel je tombais.

Je me souviens d'une impression de froid aussi, mais que je ne sentais pas ; une sensation bizarre de froid qui se serait *rapporté* à moi, comme si j'avais été, moi, le froid ressenti par quelqu'un d'autre.

Je ne sais pas combien de temps nous restâmes ainsi entre deux étages, ni comment je parvins à remonter jusqu'à l'appartement.

Je me revois dans la cuisine, face à Tommaso qui me versait du café en m'expliquant à voix basse que si maman et Chiara ne m'avaient pas dit la vérité, c'était parce qu'elles ne la connaissaient pas. Et papa non plus. Pas encore. C'était Tommaso qui avait lui-même pris le courrier, là, en montant, et qui, en voyant une lettre de l'hôpital, l'avait ouverte.

Je balbutiai :

– Mais alors, papa a *déjà* fait l'IRM et la biopsie ?

Oui. Tommaso l'avait accompagné à tous les rendez-vous sans le dire à personne. C'était mon père qui ne voulait pas nous en parler tant qu'il n'aurait pas les résultats des analyses.

– J'attends que Noël soit passé pour les lui donner.

Dans un brouillard, je tentai de me représenter les feuillets imprimés : des chiffres, des tableaux incompréhensibles, l'image d'un scanner et, quelque part, le mot « inopérable » entouré au stylo.

– Fais voir.

Mon frère ne bougea pas. Les dents serrées, je lui répétai de me montrer les résultats. Il resta immobile. J'allais me lever pour aller moi-même fouiller dans les poches de son manteau, quand nous entendîmes un bruit de clés dans l'entrée.

Une seconde plus tard, mon père apparaissait dans la cuisine, avec sur la tête un bonnet rouge et blanc orné d'étoiles qui clignotaient. Il revenait du marché de Noël. Il avait acheté trois énormes panettones fourrés aux fruits confits, qu'il posa devant moi en souriant de toutes ses dents, avant de me demander avec un clin d'œil :

– Tu es encore là, toi ?

Ensuite, j'ai à nouveau un trou de mémoire. Il devait être environ quinze heures quand mon père est revenu du marché, jusqu'à dix-sept heures trente je n'ai aucun souvenir. Dans les histoires horribles, on appelle ça une ellipse. Dans mon histoire, j'appellerai cette séquence la mort. Pendant deux heures et demie, je fus morte. Peut-être mon corps continuait-il de bouger, mes mains d'effectuer certains gestes tels que l'épluchage, le pétrissage, la séparation du jaune et du blanc, peut-être que ma bouche s'ouvrait pour prononcer des mots, peut-être que de temps à autre elle souriait, mais moi, selon ma définition de la vie, j'étais morte. J'étais morte, parce que je ne pouvais plus penser. Tout ce dont j'étais capable, c'était de regarder et d'entendre. Regarder mon père faire la cuisine, et entendre le tic-tac de la pendulette accrochée au mur.

Le tic-tac des secondes de son dernier Noël.

Ensuite, je me revois en voiture avec ma mère en direction du centre commercial. J'avais dû lui demander de m'emmener chez Celio pour échanger la chapka. Elle me parlait en conduisant, elle me racontait des anecdotes sur ses collègues de bureau ; j'essayais de me concentrer sur chaque phrase qu'elle disait, de faire attention à tout : le vocabulaire employé, la manière dont elle accentuait les mots, les petits silences, le timbre de sa voix, et tout me parvenait avec une précision étrangement nouvelle, comme si ma mère me faisait la conversation pour la première fois.

En général, quand quelqu'un parle de ses collègues de bureau, il en ressort toujours la même image : le locuteur est un individu profond, singulier, moralement pur, pourvu de petits défauts qui sont plutôt des failles, des faiblesses sympathiques ; il est sensible et courageux, et il tente de survivre dans un environnement peuplé d'êtres grossiers, arrivistes, bêtes ou pervers, incompétents ou mesquinement perfectionnistes, le plus souvent dépourvus de la moindre complexité, ou alors bizarres mais d'une bizarrerie déplaisante, qui les pousse à des conduites dont l'absurdité consterne. L'écrasante majorité des récits de vie quotidienne en milieu professionnel semble avoir pour objectif de se mettre soi-même en scène en héros sacrificiel dont les journées consistent uniquement à survivre à la médiocrité de ses semblables. Ma mère, non. Ma mère, à son travail, elle s'emmerde comme tout le monde, et ses collègues l'emmerdent comme tous les collègues du monde, mais quand elle en parle, c'est génial. Parce que ma mère ne raconte pas. Elle réfléchit. Elle élabore. Elle partage en temps réel son analyse du service des espaces verts de la commune de Palerme, qui n'est jamais figée ; dans ses récits, chaque mystère débouche sur un nouveau mystère, aucun employé n'est réductible à sa caricature, et quand elle évoque les vilaines actions de certains, les petites bassesses du fonctionnariat, c'est avec légèreté, sans s'y attarder, sans jamais céder aux délices de la désapprobation. Ma mère ne réduit pas le pécheur à son péché. Elle préfère le regarder dans son ensemble, comme un tableau dont chaque détail sert l'idée générale ; pendant que d'autres se contentent d'enregistrer l'élément le plus voyant et passent à la toile suivante, elle recule de trois pas, plisse les yeux pour voir au-delà de ce qui accroche le regard en premier, essaie de comprendre le rapport entre l'ombre et la lumière, la manière dont les différents éléments s'appuient les uns sur les autres et s'inscrivent dans l'espace de la toile. Elle semble fascinée par le talent, par le savoir-faire avec lequel chaque fonctionnaire des espaces verts de la commune de Palerme travaille chaque jour à s'incarner en fonctionnaire des espaces verts sans jamais y parvenir entièrement ; on dirait qu'elle ne se lasse pas de contempler l'échec perpétuel de la nature humaine à s'abdiquer, qu'elle fait collection de tous les petits signes de singularité qui font de son service un lieu magique et paradoxal où, malgré leurs efforts permanents pour se ressembler tous, les employés ne réussissent jamais à cacher qu'ils sont en réalité chacun un individu unique, incompréhensible et passionnant.

Ma mère ne semble pas avoir conscience de la puissance intellectuelle du regard qu'elle porte sur ses collègues de bureau. Au contraire, tout dans ses intonations montre à quel point elle trouve son point de vue ordinaire, à quel point elle a l'impression, elle, de parler boulot de la même manière que tout le monde. Et moi, le 24 décembre, tandis que la ville scintillait dans la nuit, que nous roulions vers le centre commercial et que mon père allait mourir, je mesurais combien cette femme était rare, et quelle chance j'avais d'être sa fille.

Mais lorsque nous fûmes arrivées rue Lanza di Scalea, je recommençai à me sentir mal. Je me dépêchai de lui dire que ce n'était pas la peine d'y aller à deux, qu'on perdrait du temps, que j'en avais pour cinq minutes, puis je me précipitai dehors, courus jusqu'à Celio, poussai la porte et fondis en larmes entre deux piles de tee-shirts. Je ne savais pas comment faire. Je ne savais pas comment j'allais pouvoir continuer à dissimuler mon chagrin. Voyant que je tenais à peine debout, plusieurs clients s'approchèrent, puis une vendeuse me prit par l'épaule et me conduisit jusqu'à un fauteuil, tandis qu'une autre m'apportait un verre d'eau et qu'un tout petit garçon venait me caresser la joue, ce qui fit redoubler mes sanglots. Pressée de questions, je finis par ouvrir mon sac en balbutiant que mon frère avait déjà une chapka ; aussitôt, les vendeuses s'écrièrent que ce n'était pas grave, qu'il n'y avait pas de quoi se mettre dans un état pareil, qu'elles allaient me trouver quelque chose de super qui lui plairait beaucoup, mais d'abord il fallait que je leur fasse un beau sourire ! Est-ce qu'il était plutôt classique, ou sport ? Est-ce qu'il aimait le confort, les petits pyjamas tout doux, ou plutôt crapahuter dans la montagne ? Des chaussons fourrés, ça lui plairait ? Je ne comprenais rien à leurs propositions ; je crois bien que je dis oui à tout, en tout cas je me retrouvai à la caisse avec une grosse paire de chaussettes rouges à motifs de rennes, une ceinture imitation serpent et une cravate en satin pour un prix total de 19,20 euros, soit une économie de 79 centimes par rapport à mon achat précédent. En prenant les piécettes qu'on me tendait et en les rangeant dans mon porte-monnaie, je me rendis compte que mes doigts sentaient la dureté de l'acier cuivré, que mes oreilles entendaient le glissement des pièces sur le cuir ; et en remerciant la vendeuse, je pris conscience du fait que je pouvais parler, que mes cordes vocales vibraient ; que ça fonctionnait.

Que la vie continuait.

XXIV

Quand je revins à la voiture, je devais être à faire peur, tremblante, écarlate et les yeux bouffis, mais il faisait nuit et ma mère ne s'aperçut de rien. Elle avait allumé la radio. Sur le chemin du retour elle ne parla presque pas, sauf pour dire que la bossa-nova c'était quand même un peu chiant, et aussi que ça lui rappelait son séjour linguistique en Angleterre quand elle avait quinze ans : le père de sa correspondante voulait l'initier à la musique latino, et accessoirement obtenir ses faveurs, sans être explicite, simplement elle avait trouvé bizarre qu'il lui propose systématiquement d'écouter un disque au moment où toute la famille allait se coucher.

– Il n'était pas mal. Grand et mince, les joues creuses, les yeux bleus… tout le contraire de ton père.

Je détournai la tête, et tentai de vider le mot « père » de son contenu.

– Tu devrais aller à Londres, Cesca ! C'est une ville géniale. Les Anglais sont incroyables. Dans les jardins publics, tu vois des types qui annoncent la fin du monde debout sur un tabouret par moins cinq degrés, et les gens qui s'arrêtent, et qui les écoutent. Là-bas, personne ne se prend au sérieux, du coup tout le monde est pris au sérieux. Exactement le contraire d'ici.

Elle était intelligente, ma mère.

Moi aussi, j'aurais pu être intelligente. Je veux dire *vraiment* intelligente, c'est-à-dire capable, comme elle, de produire des concepts. C'est autre chose que mon habileté à déblatérer sur n'importe quel sujet en prenant de grands airs pour dissimuler la banalité de mes outils de réflexion. J'aurais pu être intelligente, mais il a fallu que je réussisse le concours d'entrée à la Normale de Pise ; depuis, je m'imagine penser quand je cite des auteurs et que je mets des éléments « en perspective ». Je suis très forte aussi pour abuser de certains substantifs et adverbes comme « paradigme », « éminemment » ou « modalité », j'en mets partout, ça marche très bien. Tellement bien qu'on croirait que c'est moi qui suis plus intelligente que ma mère. En tout cas, ma mère le croit. Je pourrais la détromper, mais je ne suis pas complètement idiote non plus ; en tout cas, dans sa voiture, j'étais suffisamment intelligente pour comprendre que la priorité, à ce moment-là, n'était pas de la détromper, mais plutôt de la tromper, c'est-à-dire de lui faire croire que je ne me retenais pas de hurler à chaque seconde.

« La vie ne nous appartient pas, elle nous traverse. »

J'aime cette phrase de Niccolò Ammaniti. D'abord parce qu'elle manque terriblement de prétention. On ne pourrait pas l'utiliser dans une thèse de littérature. Si je m'égarais au point de la citer à Serguei Jean-Michovitch Dumollard, je sais exactement ce qu'il ferait : il continuerait de me sourire pendant quelques secondes comme si de rien n'était, puis il me gratifierait d'un acquiescement doux et bienveillant qui serait censé vouloir dire : « On l'oublie souvent, mais en effet, le bon sens populaire n'est pas complètement dépourvu de charme », et il en concevrait à mon égard un mépris définitif. J'aime également cette phrase pour ses qualités performatives. Lorsqu'elle me revint à l'esprit par hasard, tandis que je sortais de la voiture de ma mère le 24 décembre, à l'idée que la vie ne m'appartenait pas mais me traversait, je me sentis respirer un peu mieux. C'était comme si Ammaniti me chuchotait à l'oreille quelque chose comme : « Quand on ne peut rien faire, le courage c'est de se laisser faire. » Je sais que ce n'est pas ce que dit cette phrase. L'auteur n'invite pas au laisser-aller ni à la reddition, au contraire, il invite à l'action : il pose la force éternelle de la vie comme postulat qui permet d'agir après avoir disqualifié la peur. J'avais déjà senti, à la caisse de Celio, que la vie continuait. Mais la phrase d'Ammaniti apportait à cette intuition une précision importante : la vie ne continuait pas parce qu'elle *devait* continuer, la vie n'avait pas *décidé* de continuer envers et contre tout, non : la vie ne pouvait tout simplement *rien faire d'autre* que continuer. Que je m'écroule avant d'atteindre l'entrée de l'immeuble de mes parents, que je m'écroule en entrant dans l'appartement ou au milieu du dîner, ou que je ne m'écroule pas, mon père mourrait, et la vie continuerait. Alors, pourquoi m'écrouler ?

– Qu'est-ce que tu dis ?

Chiara me regardait d'un air interrogatif. J'avais pensé tout haut. Je me dépêchai de bafouiller quelque chose en accrochant mon imper, de lui dire que j'étais en train de réfléchir à… quoi, déjà ? Ma thèse ! Elle acquiesça et me sourit respectueusement. En temps normal, elle aurait vaguement levé un sourcil, mais depuis ce matin elle n'avait plus de sourcils et on n'était plus en temps normal, je m'empressai donc de lui rendre son sourire et de l'entraîner vers la salle de bains en claironnant : « Tu viens ? On va se faire belles ! », et je m'interdis de penser à ce qu'elle allait bientôt apprendre ; il n'était pas question que je laisse se former dans mon esprit l'image de Kiki en train d'entendre qu'elle allait perdre son papa à dix-sept ans et demi, ça n'existait pas, ça ne m'intéressait pas. Moi, ce qui m'intéressait, c'était ce qu'on allait faire maintenant : fouiller en pouffant de rire dans la trousse à maquillage de maman pour jouer à être des dames comme quand on était petites, voilà ce qui était intéressant. Beaucoup plus que la recherche en littérature. Calvino et Tondelli ne tenaient pas la route, comparés à l'essayage de fard pailleté en gloussant comme des poules ; quant à la question des croisades symboliques dans le roman contemporain, elle faisait pâle figure face à mes tentatives pour appliquer correctement un vieux mascara tout sec alors que j'étais en proie au fou rire à côté de la créature réjouissante qu'était ma sœur. Car ma sœur était une créature réjouissante. Elle l'avait toujours été. Depuis sa plus tendre enfance, Chiara savait transformer la moindre situation en comédie, sans jamais se départir de son sérieux. Elle avait en particulier un don pour l'imitation. Elle était la seule imitatrice de Lilli Gruber[1] digne de ce nom. Et je découvris, le 24 décembre dans la salle de bains, tandis que le mascara de ma mère faisait sur mes cils des conglomérats immondes, que ma sœur imitait aussi les hommes, car tout en s'agrandissant les lèvres au crayon, Lilli Gruber se mit à interviewer Salvini en personne à propos de la qualité déplorable des produits de maquillage de ma mère, et celui-ci lui répondit, en se redessinant lui aussi la bouche :

– Si je peux en placer une, merci, je vous ai laissée parler, alors ce qui arrive à madame Randazzo n'est pas une exception, hein, elle travaille dur et pourtant elle n'a pas les moyens de s'offrir des produits de qualité, et pourquoi, parce que tout son salaire passe en taxes et en impôts, et pour payer quoi, pour payer l'aide sociale des immigrés, pour que les immigrés puissent payer, eux, du maquillage Tom Ford et Chanel à leurs femmes, parce que si vous croyez que ça se contente d'un mascara fabriqué en Chine vous ne lisez pas les bons journaux, moi je dis la vérité même si ça dérange, il leur faut de la

1. Lilli Gruber, née en 1957, est une journaliste et femme politique italienne.

marque aux Noires, il leur faut du luxe, et tout ça avec nos impôts, avec la sueur des braves Italiennes qui ne peuvent même plus se payer d'anticernes, regardez-moi ça, cette trousse à maquillage, c'est lamentable.

Et Lilli Gruber répondait :

– Vous plaignez cette madame Randazzo parce qu'elle n'a pas d'anticernes, mais vous savez, l'anticernes ça ne sert à rien, il suffit de se faire éclairer par en dessous en permanence comme moi, vous voyez ? Vous ne trouvez pas que je resplendis ?

Et Salvini réattaquait :

– N'essayez pas de m'enfumer, salope de gauchiste bobo, vous êtes du côté des envahisseurs, mais moi, grâce à ce fond de teint unifiant, bien qu'il soit d'une texture grasse et peu adhérente sur la peau car c'est de la merde, je mets en valeur la blancheur de mon teint, je n'ai pas honte de mes origines moi, je suis un plouc de souche et j'en suis fier, et je me gratte les couilles devant ma télé, pourquoi, parce que c'est ça la grandeur de notre culture, et si ça ne vous plaît pas allez vivre en Afghanistan, espèce de pute communiste.

Il était difficile de résister à la vision de cette enfant délicate en train de reproduire avec un naturel parfait l'élocution pâteuse du gros Salvini, et plus difficile encore de ne pas pleurer de rire quand Gruber, imperturbable, lui répondait avec son débit robotique :

– Tout à fait, mais ne croyez-vous pas, pardon si j'insiste, que la précision de l'éclairage a autant d'importance que la qualité du maquillage, regardez combien ma jeunesse paraît naturelle et osez me dire que je suis du côté des envahisseurs, moi qui ai toujours été du côté des projecteurs cinq cents watts, voilà, on arrive à la fin de l'émission, merci d'avoir accepté notre invitation, vous ne serez jamais au gouvernement et c'est heureux, au revoir connard.

Elle n'aurait pas dû conclure comme ça. Mon éclat de rire fut tel que le mascara m'échappa des mains et tomba dans la cuvette des W.-C., ce qui me figea dans une expression ahurie qui fit exploser à son tour Chiara, suite à quoi ma mère, alertée par le bruit, fit irruption dans la salle de bains et découvrit ses deux filles hilares et maquillées à la truelle. Furieuse, elle joua des coudes pour accéder au miroir, nous arracha ses affaires des mains en criant : « Ça, c'est à moi ! Et ça aussi ! », et entreprit de se maquiller à son tour.

Le bonheur ne se raconte pas. Les plus grands moments de rigolade non plus. Qu'il te suffise d'apprendre, mon cher chat, que la salle de bains de la rue Serradifalco n'avait encore jamais tremblé comme ce soir-là, investie par trois folles qui s'amusaient comme si elles avaient su que c'était la dernière fois, et qu'elle trembla jusqu'à épuisement, jusqu'à ce que le terrain de jeu redevienne une salle de bains où deux sœurs et leur mère se faisaient belles ; alors, nous nous mîmes à évoluer dans l'atmosphère douce et feutrée des préparatifs entre femmes.

Dans les histoires horribles, ce genre de scène est très rare, et d'autant plus importante. Pour réussir à en rendre la magie, à faire sentir tout le prix de cette suspension du temps, deux éléments techniques sont indispensables : le ralenti (ou *slow motion*), et le travelling (ou *travelling*).

La caméra survole d'abord tout doucement les pots de crèmes et les flacons de vernis en gros plan dans une lumière très pâle, avec du flou sur les côtés ; on voit une petite plume blanche invraisemblablement tombée du ciel rebondir mollement entre deux crayons à paupières, puis des doigts fins et roses entrer dans le champ, effleurer un flacon puis un autre, hésiter, choisir. Ensuite, plan large sur la scène : on passe derrière les protagonistes en travelling latéral très lent, avec en fond sonore un madrigal de Monteverdi ; leurs visages ne sont visibles que dans le miroir un peu embué, éclairé par des rangées d'ampoules ; les regards échangés sont rares, d'une simplicité indéchiffrable. Il n'y a pas de complexité, mais du mystère. On est là où il est interdit d'entrer, passagers clandestins d'un voyage irréel au cœur d'une Olympe inaccessible aux mortels. Trois femmes qui se maquillent en silence, c'est le moment de grâce d'avant la grâce, le secret des limbes ; l'heure où les cygnes sacrés, blanches déités cachées aux regards par le rideau miroitant d'un saule, lissent leurs plumes de nacre avec une si rêveuse indolence que personne ne soupçonnerait l'imminence de l'envol sauvage, tapageur et triomphal vers le reflet d'un lac dans les cieux. Il n'est rien au monde qui soit à la fois aussi érotique et aussi virginal que la gestuelle déployée au-dessus d'un lavabo pour estomper une pommette, bouche entrouverte, langue aux commissures et souffle suspendu. Aucun homme ne doit nous surprendre dans ces instants, sous peine de voir les princesses se changer en serpents. C'est pour cette raison que, lorsque la porte s'ouvrit à nouveau brutalement, ma mère, ma sœur et moi formâmes un chœur parfaitement synchronisé pour hurler à mon frère avec des voix de poissonnières « Interdit aux mecs ! » et que, cinq minutes plus tard, nous réitérâmes l'opération pour empêcher mon père de venir à son tour se laver les mains, de sorte que tous deux battirent en retraite et ne se montrèrent plus jusqu'à l'apéritif.

Nous nous faisions belles pour eux.

Car Noël, ce n'est pas seulement la célébration de la naissance de Jésus, du solstice d'hiver et de l'enfance pourrie gâtée, c'est aussi le seul moment de l'année où nous passons, mesdames, mesdemoiselles, des heures à nous pomponner, à masquer les petits défauts de notre peau, à parfumer nos nuques, à lisser nos cheveux et à enfiler des collants sexy pour plaire à des hommes qui n'ont pas le droit de nous désirer. Et la soirée qui s'ensuit, où les regards brillent d'excitation retenue, où chacun s'amollit suavement dans le scintillement doré des bougies, où les sœurs se sont faites belles pour leurs frères, les filles pour leurs pères et les mères pour leurs fils, c'est la grande soirée internationale de l'inceste.

Je plaisante ! Comment certaines pensées peuvent-elles me traverser l'esprit ? C'est effrayant. Heureusement que je suis toute seule avec mon chat, sinon on me prendrait pour une folle, et on aurait raison ; et c'est encore une chance que ce chat ne puisse pas parler, et surtout qu'il n'ait pas accès aux réseaux sociaux, sinon qu'est-ce qui l'empêcherait de poster sur ce que je viens de dire, rien, et dans les dix minutes j'aurais perdu la moitié de mes *followers*, et ma vie serait détruite.

Nous sortîmes de la salle de bains, toujours au ralenti et renversantes de beauté. Surtout moi. Ma sœur – que j'aime beaucoup – a toujours eu un physique, je ne dirais pas ingrat, disons un tout petit peu plus commun ; quant à ma mère, d'après les photos, elle a été très jolie pendant quelques mois, vers le milieu des années quatre-vingt.

Je plaisante ! Comment certaines pensées peuvent-elles me traverser l'esprit ? C'est effrayant. Heureusement que je suis toute seule avec mon chat, sinon on me prendrait pour une folle, etc. Mais ce que nous ne savions pas, c'était que pendant ce temps, mon père et mon frère avaient mis des cravates et de l'after-shave et nous attendaient dans le salon autour d'une bouteille de Prosecco et d'un grand plateau de…

Toasts… au…

J'ai toujours un peu de mal. Mais je vais arriver à le dire.

Un grand plateau de toasts au…

Le truc, c'est qu'il faut éviter de voir les images quand on prononce le mot.

Au *foie gras*.

Yes.

Et en entrant dans le salon, je vis mon père tout beau dans son costume, les cheveux gominés, la chevalière au doigt, un mouchoir de soie rose dans sa pochette, alors le présent me revint en mémoire avec une violence telle que je sentis mes jambes commencer à se dérober ; je me réveillais d'un rêve et retrouvais la réalité, qui était un cauchemar.

Mais il fallait tenir.

Je m'appuyai au dossier d'un fauteuil, respirai un grand coup, et arborai un sourire éclatant.

XXV

C'était l'heure de trinquer tous les cinq. Tout était prêt. La maison rangée, l'aspirateur passé, la table dressée dans la cuisine, le salon parsemé comme chaque année de bougies rouges, de bouquets de gui et d'œillets blancs, et mon frère s'apprêtait à ouvrir le carton de boules et de guirlandes posé au pied du sapin que nous allions, comme chaque année, décorer tous ensemble, coupette à la main, en écoutant du Vivaldi.

L'image peut sembler kitsch. Elle l'est, indéniablement. Il y a cependant une différence entre les familles qui initient chaque année le réveillon de cette façon kitsch et ma famille, qui initie chaque année le réveillon de cette façon kitsch *en ayant conscience* d'être en train de former une image kitsch. En quoi consiste cette différence ? Je ne comprends pas la question. Pardon, mais je ne comprends pas qu'on puisse ne pas sentir le gouffre qui sépare les êtres doués de parole des simples mammifères.

Mais ce soir-là, ce 24 décembre-là, la manière dont nous formâmes l'image kitsch se différencia des autres années. Par exemple, lorsque mon père déboucha le Prosecco, il fit comme chaque fois une grimace comiquement solennelle imitant celle des pères de famille qui débouchent du Prosecco uniquement pour les grandes occasions, mais en même temps, nous savions tous qu'il incarnait *réellement* quelque chose de solennel, et qu'il débouchait *réellement* du Prosecco uniquement pour les grandes occasions, et nous goûtions donc directement cette grimace. La distance ironique des Noëls précédents n'avait évidemment pas disparu : nous étions toujours les mêmes ; simplement, elle se trouvait soudain éclipsée, recouverte comme d'un manteau de neige par la puissance dramatique du présent. Soudain, la magie de Noël opérait vraiment. Sans guillemets. Dans la langue que nous parlions désormais, le mot « kitsch » n'était pas interdit, bien sûr, il existait ; peut-être même pouvait-on encore le prononcer, mais plus personne ne savait ce qu'il voulait dire.

– Joyeux Noël !

Nos coupes s'entrechoquèrent, et nous nous regardâmes tour à tour dans les yeux. Lorsque les miens rencontrèrent ceux de mon père, je me dépêchai de les plisser de façon mutine pour empêcher les larmes d'y monter, et de me retourner vers Tommaso qui, de son côté, me regarda froidement, l'air tout à fait tranquille, avant de m'entraîner vers la boîte des décorations en lançant à la cantonade :

– Dites donc, vous croyez que vous êtes là pour glander ? Y a un sapin qui attend, ça ne va pas se faire tout seul !

Dire qu'à cet instant je l'admirai serait faible. Non seulement il dissimulait parfaitement ce qu'il savait, mais il adoptait l'attitude la plus adaptée aux circonstances. Comment faisait-il ? D'où tirait-il ce savoir ? Je me remémorai les épreuves traversées par Tommaso, depuis ma naissance jusqu'à la piscine municipale et, tout en fouillant avec lui dans la boîte pour en sortir les bonshommes de neige et les petits lutins en feutrine avant de les passer aux autres, je me rendis compte que depuis toujours, mon frère affrontait sa propre existence avec la distance du philosophe. Tandis que mes mains ne pouvaient s'empêcher de trembler en déroulant guirlandes et rubans, les siennes semblaient flâner d'une figurine à l'autre, s'arrêtaient, hésitaient, choisissaient en prenant leur temps, comme si ce temps n'était pas compté, comme s'il n'allait jamais passer. C'était lui qui avait raison : à partir de maintenant, rien n'importait que le présent. Papa allait mourir, bien sûr, mais en attendant il respirait, il bougeait, il riait avec nous en essayant d'accrocher l'étoile tout en haut malgré son mètre soixante-dix.

Il était vivant.

Et tant qu'il était vivant, il ne mourrait jamais.

Tommaso avait tout compris, et je le regardais avec émerveillement. Sous mes yeux, en temps réel, avec une horrible nouvelle, mon frère fabriquait de la joie. Et il le faisait sans rien changer à son attitude habituelle, sans cesser d'être celui que nous connaissions tous, en ajoutant simplement à sa désinvolture un peu roublarde un je-ne-sais-quoi d'enfantin, un surcroît de légèreté qui changeait tout. Comment avais-je pu mésestimer ce mec génial au point de le qualifier d'intellectuel raté ? Comment cette horrible expression avait-elle pu me venir en tête ?

Je vois ton regard qui me fixe. Très beau regard
210 de chat. Doré autour des pupilles verticales, minéral, impénétrable. Il met son point d'honneur à ne rien trahir. Il échoue. Je la connais, gros malin, ta mentalité de Parisien. Tu m'écoutes, et tu es affligé. Tu te rappelles que si cette expression avait pu me venir en tête à propos de mon frère, ce n'était *pas sérieusement.* Tu es au regret de constater qu'au pied du sapin je me noyais dans l'émotion, que je ne comprenais même plus mon propre humour, que j'étais en train de devenir totalement *premier degré*[1], et tu te demandes si la vie avec moi ne va pas devenir d'un ennui mortel. Je comprends. Moi-même, je me trouve moins marrante qu'avant. Et je suis tout à fait d'accord sur le fait que ce n'est pas parce qu'on est en train de perdre son père qu'il faut perdre en plus son sens de l'humour. Au contraire, quitte à perdre son père, autant faire ça de façon exubérante, pourquoi pas avec une plume

1. En français dans le texte.

dans le cul, c'est vrai, il faut que ça reste une fête ; sans compter que c'est plus difficile, donc plus classe. Cela dit, je vais te décevoir, mais là, je n'ai pas particulièrement envie d'être classe. Je m'en fous, en fait, d'être classe ou pas. Moi, ce qui m'intéresse, dans la vie, c'est d'arriver à comprendre quelque chose que je n'avais pas compris jusqu'alors. Et là, devant le sapin, en regardant mon frère, il me semblait comprendre quelque chose, non seulement à propos de son choix de pratiquer la méditation pleine conscience, mais aussi à propos de ce que m'avait dit Serguei sur la différence entre la chose et l'idée : ce que je comprenais soudain, c'était que les principes doivent être jugés non *a priori*, mais à l'épreuve des faits.

Ce qui ne veut pas dire que Dieu existe.

Quel est le rapport ?

Je venais tout simplement de comprendre, en observant le comportement de mon frère, que la méditation pleine conscience, à l'instar du yoga en entreprise, n'était pas réductible à une pratique d'enfermement de l'individu dans la quête désespérée de son petit bien-être à lui et de sa petite sécurité de merde (bien que cette définition soit très vraie). Il s'agissait également, en tout cas il *pouvait s'agir également* d'un excellent moyen d'ouvrir l'individu au monde grâce au traitement ciblé des questions de bien-être et de sécurité individuelle, puis à leur neutralisation pure et simple ; dès lors, l'activité objectivement grotesque que constituait la méditation pleine conscience devenait une activité objectivement grotesque aux conséquences admirables, ce qui en faisait, paradoxalement, une activité admirable.

C'est là que j'opère un glissement vers la question de l'existence de Dieu.

Posons comme postulat que Dieu n'existe pas. S'il n'existe pas, alors les gens qui le prient tous les jours et vont à la messe tous les dimanches sont grotesques. En tout cas, leur croyance est grotesque. Et cependant, au nom de cette croyance grotesque, de nombreuses personnes se sont lancées, de tout temps, dans des activités admirables, quand elles n'y ont pas carrément consacré leur vie, comme par exemple Mère Teresa qui soignait les lépreux en Inde, Arcangèle Tadini qui organisait le secours mutuel pour les ouvriers ou l'abbé Pierre qui mettait les pauvres à l'abri du froid. De ce type de cas, on pourrait être tenté de conclure que la croyance en Dieu, en tant qu'elle inspire de grandes actions, n'est en réalité pas grotesque mais admirable, et que, si elle est admirable, elle ne peut être totalement infondée. De là à en conclure que Dieu existe, il n'y a qu'un pas. Que cependant nous ne franchirons pas, pour ne pas nous retrouver aux prises avec un pur sophisme, car une croyance, si elle ne peut être infondée, est-elle nécessairement fondée sur son objet ? Non. Elle peut être fondée sur autre chose. En d'autres termes, on peut avoir raison de croire en Dieu pour d'autres raisons que l'existence de Dieu. Lesquelles ? C'est une excellente question. Que je me remercie de m'être posée, malheureusement il ne va pas être possible de développer ce sujet plus avant, nous y avons déjà passé beaucoup de temps, ce n'était pas du tout prévu et, surtout, la dinde aux marrons va refroidir.

Une chose seulement : sans vouloir conclure de façon hâtive sur une question fondamentale, je dois dire que, pour ma part, je trouve l'*idée* de l'existence de Dieu angoissante, précisément en raison de ce qu'elle fait faire aux croyants, qui, en dehors de quelques exceptions telles que déjà citées, n'est pas souvent joli-joli. Alors que la *chose*, l'existence de Dieu en elle-même, ne me pose aucun problème ; d'une certaine manière, je la trouve préférable à l'hypothèse inverse, car si Dieu n'existait pas, cela signifierait que, depuis des millénaires, une partie non négligeable de l'humanité consacre son existence à essayer de faire plaisir à Rien, à être mortifiée à l'idée de décevoir Rien, à construire des cathédrales, des mosquées et des synagogues en l'honneur de Rien, à s'astreindre au jeûne pour Rien, à se retenir de faire l'amour de peur d'être punie par Rien, à émasculer des hommes, lapider des femmes, égorger des enfants et brûler des vieillards selon ce que lui a ordonné Rien ; ce serait quand même dommage si toutes ces belles choses étaient accomplies en pure perte. D'un autre côté, si Dieu existait et qu'il voyait de quoi les gens sont capables pour lui plaire, comment ils s'imaginent lui faire plaisir, donc pour quel idiot ou pour quel salaud ils le prennent, il n'aurait probablement plus aucune envie d'exister, et donc il s'annulerait lui-même, et comme il serait tout-puissant il pourrait le faire de façon rétroactive, ce qui aboutit à un second sophisme : si Dieu existait, il n'existerait pas.

Et maintenant, à table.

XXVI

On aurait pu photographier notre table de réveillon pour un magazine de décoration intérieure. Ma mère avait sorti la nappe rouge et son dessus en dentelle, les assiettes du service de mariage de ses grands-parents, les couverts en argent dépareillés et trois verres à pied par personne ; au milieu se dressaient les deux chandeliers entourés de branchettes de houx et de sapin, dans chaque assiette la serviette était pliée en forme de cygne, et des rameaux de jasmin d'hiver s'épanouissaient dans de petits vases entre les dessous-de-plat. Sur l'écran de mon smartphone, c'était encore plus beau : seuls les visages émergeaient de la pénombre, éclairés par les bougies comme par une présence divine ; on aurait dit *L'Adoration des bergers* du Caravage. Le profil de ma mère se découpait avec une douceur qui effaçait toutes les aspérités de son caractère ; le regard en coin de ma sœur suspendait le temps comme un point d'interrogation ; la main de mon frère semblait soulever la corbeille de pain comme un ciboire au-dessus d'un autel ; et mon père, les coudes sur la table et les mains entrelacées, avait les yeux dans le vague. Je le regardais sur mon petit écran, il se recalait sur sa chaise, relevait légèrement la tête, mais je n'arrivais pas à prendre la photo ; j'étais paralysée à l'idée que la seconde que je choisirais de figer lui survivrait ; il me semblait que dès l'instant où l'image serait enregistrée, j'allais compter parmi les instances mystérieuses qui avaient décidé de sa mort ; il me semblait que dès lors, j'y serais pour quelque chose ; peut-être me figurais-je obscurément que si personne ne prenait les dernières photos de mon père, il ne mourrait pas.

Je renonçai donc à immortaliser l'instant, et pris place devant mon assiette où trônaient six huîtres fraîches entourées de quartiers de citron, tandis que mon frère, après avoir débouché la deuxième bouteille de Prosecco, engageait la conversation.

Comme premier sujet, Tommaso choisit le maintien de l'US-Palerme en série A. C'était dangereux. Mes parents s'intéressaient tous les deux au foot, mais sur l'US-Palerme leurs points de vue divergeaient systématiquement. Ma mère déclara qu'elle tenait beaucoup à ce classement, d'abord parce que l'équipe n'avait jamais été à un niveau aussi haut et qu'elle le méritait, mais surtout parce que ça faisait du bien à notre ego, et que vu la sinistrose ambiante, si en plus on se retrouvait déclassés, ce serait la fin des haricots. Je reconnais que ce n'est pas en matière de foot que ma mère produit le plus de concepts, et qu'elle peut même se révéler assez basse de plafond ; c'est en tout cas ce que pense mon père, qui s'empressa de lui opposer que ça faisait peut-être du bien à notre ego mais que ça faisait surtout beaucoup de mal au sport, et que c'était malheureux à dire mais que de nos jours, plus un club montait en division, plus les enjeux se réduisaient à des questions de gros sous, surtout à cause des agents qui ruinaient les clubs à chaque transfert en s'octroyant des commissions exorbitantes, et il les qualifia de racketteurs avant de conclure que la place de ces gens était en prison. Ma mère poussa un soupir théâtral et lui reprocha de jouer les rabat-joie, puis les staliniens, ce à quoi il répliqua en la traitant de cynique, puis de résignée, puis d'Italienne du Sud, ce qui nous fit tous écarquiller les yeux, et éclater de rire.

Soucieuse de rétablir la paix sociale, je choisis un deuxième sujet faisant consensus, à savoir l'évocation amusée des Noëls passés. Je rappelai tout d'abord celui, célèbre entre tous, où Kiki, alors toute petite, s'était réveillée la première le matin du 25, et tout naturellement était allée ouvrir elle-même non seulement ses propres cadeaux, mais aussi tous les cadeaux des autres, sans aucune exception. Mon frère évoqua la fois où mon père avait décidé de faire lui-même le dessert, y avait consacré tout l'après-midi en mettant la cuisine à feu et à sang, avait perdu ses lunettes au milieu des opérations, et nous avait fièrement servi à la fin du réveillon un plat entier de splendides cannoli, roulés à la perfection, avec des pépites de chocolat sur les côtés et du sucre glace dessus, extrêmement appétissants et totalement immangeables, vu qu'il avait confondu le pot de sel avec le pot de sucre. Ma sœur rappela l'année de la fuite d'eau où nous avions passé la soirée agenouillés chacun dans une pièce de l'appartement avec des seaux et des serpillières en chantant à tue-tête les plus grands succès d'Al Bano et Romina. Chacun de ces épisodes fit bien entendu l'objet de discussions nourries : il s'agissait de reconstituer les faits exacts, personne n'avait le droit de falsifier l'histoire, encore moins si c'était pour se donner le beau rôle comme avaient tendance à faire certains, et là, ma mère visait à la fois son mari et son fils, lesquels s'insurgèrent avec une mauvaise foi que je qualifiai d'assez culottée, immédiatement appuyée par ma sœur qui prit la voix de Laura Boldrini[1] pour dénoncer une odieuse coalition misogyne typiquement calabraise, ce qui nous amena tout naturellement au deuxième éclat de rire et au troisième sujet de la soirée.

L'alcool est une chose complexe. Durant un réveillon de Noël, sa consommation présente des avantages et des inconvénients, et aussi certaines propriétés qui peuvent être considérées *à la fois* comme des avantages et comme des inconvénients. Parmi elles, la baisse du niveau d'exigence en matière de sujets de conversation : d'un côté, celle-ci permet d'aborder certains sujets pour la première fois, ce qui peut déboucher sur une expérience intéressante ; de l'autre, la baisse du niveau d'exigence

1. Laura Boldrini, née en 1961, est une femme politique italienne de gauche, défenseuse de l'égalité hommes-femmes.

en ce qui concerne le choix des sujets s'accompagne généralement d'une baisse du niveau des instruments intellectuels permettant de les aborder. Dans le cas du troisième sujet de la soirée, on ne se contenta donc pas de discuter des relations hommes-femmes ; on en discuta bêtement. D'une façon chic, bien sûr : en mode « réveillon de Noël », sans lésiner sur les traits d'esprit, et en prenant soin de saupoudrer nos assertions de rires contenus et d'œillades charmées. Je dois dire que j'excellai particulièrement dans l'égrenage d'idées toutes faites sur la vantardise intrinsèquement masculine depuis l'ère des chasseurs-cueilleurs où les hommes devaient garder la face quand ils rentraient bredouilles de la chasse ; mon frère ne dépara pas, avec sa chatoyante peinture de l'homme occidental castré par cinquante ans de luttes féministes ; ma mère menaçant de le déshériter, mon père s'interposa en précisant que Tommaso avait raison mais que cette castration était bien méritée, mon frère affirma que c'était ce qu'il allait dire mais que maman ne lui en avait pas laissé le temps, puis se lança dans un raisonnement extrêmement brumeux sur la nécessité de libérer les hommes de la domination « sournoise » des femmes consécutive à la domination « franche » des hommes sur les femmes, de façon à « briser un cercle vicieux » ; quant à ma sœur, il était difficile d'évaluer le niveau de ses interventions, car avec la voix de la Boldrini, les pires âneries qui sortaient de sa bouche avaient l'air intelligentes. Pour finir, on se mit d'accord sur le fait qu'il était temps de faire un sort à la dinde aux marrons, mais aussi sur la nécessité d'attendre un peu avant de déboucher la deuxième bouteille de muscadet, sous peine de tous rouler sous la table avant le dessert. Ce fut donc à l'eau pétillante que nous passâmes, tandis que mon père s'attaquait au découpage de la volaille, et que quelqu'un dont je tairai le nom lançait le sujet de conversation suivant.

Je ne dénoncerai pas cette personne. Je ne veux pas qu'on sache qui introduisit dans la famille Randazzo le bacille le plus agressif de la grégarité conversationnelle. Non, Souris, inutile d'insister, je ne donnerai aucun indice permettant d'identifier l'être criminel qui décida d'ouvrir la discussion sur le sujet le plus nul de ce premier quart de siècle ; toujours est-il qu'à cette table, tout en entamant de la fourchette une savoureuse dinde arrosée de Sanpellegrino®, on se mit à parler des *ravages de la chirurgie esthétique.*

Oui.

Il fut donc déclaré, dans cette cuisine même, à grands renforts d'arguments et d'exemples : que les lèvres gonflées au silicone c'est moche ; que les visages liftés ça n'a plus d'expression ; que les stars refaites se ressemblent toutes ; que la peau tirée ça vieillit encore plus ; que quand on commence on ne peut plus s'arrêter ; qu'il vaut mieux accepter son âge ; que Margherita Buy est magnifique avec ses rides ; que Carla Bruni sans rides a l'air d'une momie morte ; qu'une momie est forcément morte ; que Monica Bellucci n'est pas refaite ; que Monica Bellucci est refaite mais que c'est très bien fait ;

que non ; que si ; que non ; que si ; et cela aurait duré le temps infini que cela dure dans tous les dîners en famille et entre amis, en Italie et en France et dans le monde entier, si Laura Boldrini n'était pas intervenue pour dire qu'il ne fallait pas « lâcher la proie pour l'ombre ».

Le silence se fit aussitôt.

Que voulait-elle dire ?

– Je veux dire que c'est scandaleux de s'en prendre à celles qui ont recours à la chirurgie plastique, car nous vivons dans une société qui ne cesse de renvoyer la femme à sa condition d'objet sexuel en imposant des critères qui font qu'après trente ans vous êtes bonne à être jetée à la poubelle et enterrée dans une décharge illégale de Campanie, voilà ce qui est lamentable, cette tyrannie de la jeunesse et de la perfection, et comme d'habitude au lieu de s'en prendre à l'idéologie on s'en prend à ses victimes, donc pour ces femmes-là, c'est la double peine.

On applaudit à tout rompre.

Jamais la société n'avait été dénoncée comme ça ! Tout le monde était estomaqué par le courage politique de ma sœur ! Sans oublier son audacieuse mise en corrélation de l'oppression des femmes avec les enjeux environnementaux ! Mais il fallait aller plus loin : il fallait l'aider à lancer son propre mouvement. Un nouveau mouvement féministe contre la dictature de la beauté, non, contre la dictature de la fausse beauté, car les femmes, hurla mon père tout en brandissant un marron piqué au bout de sa fourchette, ne sont pas des bagnoles à mettre à la casse dès qu'il y a un pète sur la carrosserie ! Et d'ailleurs, martela-t-il en continuant d'agiter son sceptre, on ne faisait pas ça aux voitures, même rayées on continuait de rouler avec, même avec les portières défoncées, tant qu'elles roulaient on s'en servait, pourquoi ne traitait-on pas les femmes aussi dignement qu'on traitait les voitures ? Hein ! Qu'est-ce qu'elles avaient de moins ? C'est alors que mon frère estima que les grands débats de société, ça donnait soif.

Consommé par voie orale, l'alcool agit comme un dépresseur du système nerveux central et modifie le comportement des fonctions cérébrales dévolues à l'évaluation, à l'analyse et à la déduction, ainsi que celui des fonctions motrices. À forte dose, il provoque des pertes d'équilibre, des troubles de la vision, une insensibilité à la douleur, de l'incontinence, des vertiges accompagnés de nausées, puis des pertes de conscience qui peuvent aller jusqu'au coma, éventuellement la mort. À dose plus modérée, on constate assez vite une baisse de la vigilance, qui s'accompagne d'euphorie et de stupidité. L'alcool ne conduit pas obligatoirement son consommateur à monter sur la table en chantant l'hymne national et à baisser son pantalon pour montrer le trou de son cul à tout le monde, ni à précipiter sa voiture contre celle d'en face en causant la mort de huit personnes plus un chien, mais il a tout de même tendance à provoquer des accidents.

Je n'ai rien contre les accidents. J'ai moi-même des amis qui sont des accidents. Les accidents ne sont pas nécessairement fatals, ni même fâcheux. Ils peuvent être chouettes, rigolos, parfois décisifs dans le bon sens du terme, voire inespérés. On connaît rarement tout de suite la nature d'un accident. Avant de le comprendre, il faut le vivre. Et avant de le vivre, il faut qu'il se produise. Et pour qu'il se produise, par définition, il faut que personne ne sache qu'il va se produire. Il faut que tout le monde continue tranquillement de dire des conneries en mangeant de la dinde et en vidant la deuxième bouteille de muscadet.

– Attendez… Non : d'après Wikipédia, pour accompagner la dinde aux marrons, il faut plutôt un vin rouge, côtes-du-rhône ou bordeaux.

On n'en avait pas ! Ce fut l'affolement. Mon frère s'empressa de retrouver sa vraie nature et de m'accuser publiquement : j'étais responsable, c'était moi qui avais trouvé le menu, et il me somma de révéler sur quel site. Je m'insurgeai en invoquant l'inviolabilité du secret des sources.

– La seule solution, c'est qu'on aille tous vomir, qu'on vide nos assiettes dans la poubelle et qu'on décongèle du poisson pané de façon à pouvoir continuer au muscadet.

Sous les traits ravissants de Chiara, Matteo Salvini nous ordonnait d'aller vomir. On s'étouffa de rire. On en pleurait. Et moi, à travers mes larmes, je me disais que c'était fou, que c'était incroyable, que papa allait mourir et qu'on était en train de passer le Noël le plus joyeux de toute notre vie ; je le regardais qui s'essuyait les yeux avec sa serviette, écarlate, suppliant ma sœur d'arrêter, mais Salvini avait encore des choses à dire et personne n'avait le droit de l'en empêcher, alors mon père se leva en vacillant légèrement, et demanda le silence pour porter un toast.

Il leva son verre à la gloire de notre famille.

Il affirma qu'il nous aimait tous, et qu'il était fier de nous, même si nous étions psychiquement déficients, il nous aimait comme on était, et c'était important pour lui de nous le dire, et il continuerait de nous aimer toujours, même quand on lui aurait retiré la prostate.

J'éclatai de rire à nouveau : la prostate ! Excellent ! Et c'était nous qu'il traitait de déficients !

Mais pourquoi les autres ne riaient-ils pas ?

Je regardai autour de moi : ma sœur, mon frère et ma mère s'étaient figés, les yeux écarquillés sur mon père. Et lui, encore souriant, fronça un sourcil, puis l'autre, puis les regarda à son tour, et soudain se mordit la lèvre :

– Merde… C'était pas un cancer de la prostate ?

XXVII

Durant les secondes qui suivirent, je m'endormis. Les sons disparurent les uns après les autres pour laisser place à une sorte de basse continue ; la lumière tamisée des bougies se changea en clarté laiteuse qui rendait les formes complètement floues, et je rêvai que j'étais dans un monde aquatique, où des gens que je ne connaissais pas essayaient d'entrer en relation avec moi, me parlaient, me suppliaient ; des bribes de phrases me parvenaient ; je crois qu'une jeune fille secoua plusieurs fois mon bras en répétant « On déconnait, Cesca, on déconnait ! », puis un homme cria « En même temps, tu nous as poussés à bout ! » ; ensuite, un autre homme vint m'entourer de ses bras, d'une main il tenait une bouteille dont il se mit à remplir mon verre en parlant très fort à mon oreille et en s'excusant de quelque chose, je ne savais pas quoi ; j'entendais mal, c'était à la fois confus et assourdissant, je voulais me lever mais je ne pouvais pas, mes jambes ne m'obéissaient pas, j'avais l'impression qu'on essayait de m'agripper, qu'on me tenait par les épaules pour m'empêcher de fuir ; j'étouffais, je repoussais des mains qui cherchaient à m'empêcher de respirer, je ne savais pas comment remonter à la surface, je commençais à avoir peur, à sentir mes membres s'engourdir et mon cœur se glacer, quand soudain je me réveillai.

Ils s'engueulaient tous. Mon frère reprochait à mon père d'avoir bu comme un trou ; mon père lui répondait que c'était faux, que tout le monde avait bu plus que lui, et que de toute façon j'aurais fini par découvrir le pot aux roses ; ma mère hurlait à mon frère qu'il était allé beaucoup trop loin, qu'il avait été convenu d'évoquer la possibilité d'une maladie grave, pas d'annoncer une tumeur inopérable ; ma sœur traitait ma mère de manipulatrice en lui rappelant que l'idée venait d'elle ; ma mère niait et accusait mon père d'avoir lui-même proposé le cancer vu que rien d'autre n'avait marché ; mon père se défendait en disant que c'était pour rire et que s'il avait su qu'il serait pris au sérieux il n'aurait jamais laissé faire ça à sa fille, mon frère frappait du poing sur la table et le traitait de salaud, et hurlait que non seulement il avait laissé faire ça à sa fille mais que ça l'avait même beaucoup amusé et que c'était dégueulasse de se désolidariser alors que tout le monde s'était pris au jeu, ma sœur lui envoyait le contenu de son verre à la figure et martelait qu'elle non, elle n'avait jamais trouvé ça drôle et on l'avait forcée à me jouer cette ignoble comédie et à s'épiler les sourcils, ma mère la traitait de sainte-nitouche et mon frère se levait pour attraper l'assiette de ma sœur et la lui vider dessus, et moi, ayant repris mes esprits, je m'essuyai la bouche, reposai ma serviette, me levai, reculai ma chaise, les regardai tous une dernière fois tandis qu'ils continuaient de s'invectiver, et me retirai.

La porte de ma chambre se referma derrière moi.

Très doucement, comme si j'avais eu peur de réveiller quelqu'un, je donnai un tour de clé dans la serrure. Puis je promenai mon regard dans la pièce.

C'était un mélange de désordre léger, d'agencement de meubles sans goût particulier et de bibelots de toutes sortes, glanés au fil de mon enfance. Sur les murs, des vestiges de mes années de lycée : un poster de Kurt Cobain, un début de collection de cartes postales représentant des anges ; sur le lit, entre les coussins, cinq ou six oursons en peluche, mais aussi un canard, deux koalas, Dragon Ball Z, un éléphanteau et une salamandre.

La fille qui habitait là n'avait pas encore fini de grandir.

Je crois qu'une pensée un peu bizarre me traversa l'esprit, quelque chose comme « Il ne faut pas la brusquer » ou « Il ne faut pas la réveiller », puis je commençai à rassembler mes vêtements ; je pris le temps de les plier soigneusement, de les agencer dans ma valise en faisant attention de mettre d'abord ceux en tissu résistant, comme les jeans, ensuite les tee-shirts et les culottes, ensuite le chemisier, les collants et les soutiens-gorge, enfin quelques objets fragiles dont je n'avais pas pensé à me servir, comme l'appareil photo et les lunettes de soleil, bien enveloppés dans mon pull. À un moment, j'entendis qu'on tambourinait à la porte. Je ne me laissai pas distraire. Sur le petit bureau, je ramassai mes livres et les alignai par-dessus le pull, non sans ménager un espace réservé aux affaires de toilette, que je ne pourrais ajouter qu'une fois passé le contrôle des bagages ; enfin je mis un peu d'ordre dans la chambre, je ramassai un paquet de mouchoirs, mon ordinateur et son chargeur, et les glissai dans mon sac.

Lorsque je retapai le lit, quelques peluches roulèrent, et je vis émerger un paquet entre deux coussins.

Que faire des cadeaux ?

Rien.

Ils pouvaient rester là, ils seraient bien.

Je fermai la valise, pris mon sac, lançai un dernier regard à la ronde. Elle était jolie, cette chambre. Calme. Accueillante. Je me dirigeai vers la porte, tournai la clé, ouvris et me trouvai nez à nez avec plusieurs personnes qui avaient l'air de vouloir me parler, qui semblaient même y tenir énormément ; malheureusement je dus les décevoir, j'aurais bien aimé rester mais j'étais déjà en retard, alors je me dépêchai d'aller récupérer mes affaires de toilette dans la salle de bains, rejoignis l'entrée où était accroché mon imperméable, l'enfilai, ouvris la porte, tirai ma valise, refermai la porte derrière moi et disparus.

Selon une étude, chaque jour en Italie, vingt-cinq personnes disparaissent. Parmi elles, vingt-trois sont retrouvées, souvent dans les jours qui suivent, quelquefois beaucoup plus tard, et deux ne le sont jamais. Je ne savais pas pour combien de temps je disparaissais, le 24 décembre, tandis que le taxi roulait vers l'aéroport Falcone-Borsellino. J'essayais de me concentrer sur ma respiration. Les mains posées sur mes cuisses, les yeux fermés, je m'efforçais de suivre en pleine conscience le parcours de l'air à l'intérieur de mon corps, de sentir chaque mouvement et chaque sensation : le soulèvement de ma poitrine, le frottement de ma robe sur elle, les secousses de la route qui faisaient osciller mon bassin et mes épaules, tout était important ; ensuite, je tentai d'aller plus en profondeur, de sentir mon sang circuler dans les veines, dans les artères, jusqu'aux battements de mon cœur, et de dessiner une image à partir de tous ces éléments. J'imaginai que j'avais des centaines de crayons de couleur à ma disposition, que la feuille était immense, et que je pouvais me tromper et refaire autant de fois que je voulais ; et quand j'eus fini mon dessin, je ne le jugeai pas. Je me sentais bien. Entièrement disponible à l'instant présent.

J'ai vomi en sortant du taxi.

Quelqu'un m'a fait asseoir sur un banc.

J'apercevais de vagues lueurs dans la nuit ; on aurait dit que l'espace s'était vidé autour de moi ; ou peut-être que c'était à l'intérieur de moi qu'il n'y avait plus rien, juste l'acidité rugueuse entre mes dents, la sensation de ne plus avoir de salive.

Dans les toilettes désertes de l'aéroport, j'ai nettoyé mes escarpins, changé de collant, puis je suis allée me rincer la bouche aux lavabos. La lumière semblait venir de nulle part, ou peut-être émanait-elle du carrelage blanc qui recouvrait le sol et les murs. Le silence était si profond, si pur qu'on ne se serait pas cru dans un lieu, mais dans une image de lieu, ou un souvenir, ou peut-être dans le rêve que quelqu'un était en train de faire : une

jeune femme se changeait, seule dans les toilettes d'un aéroport ; la porte s'ouvrait ensuite sur un sentier au lever du soleil, avec les premiers rayons qui passaient dans l'herbe, les feuillages humides de rosée ; la jeune femme sentait la tiédeur de l'air sur ses avant-bras, entendait le chant d'un oiseau, avançait dans le hall désert en tirant derrière elle une valise à roulettes, enjambait un ruisseau qui bruissait entre les pierres, constatait que le prochain vol pour Paris décollerait à sept heures du matin.

Je m'arrêtai devant un distributeur de café.

Je n'avais pas conscience d'être en train de vivre un moment exceptionnel, dans le hall de l'aéroport Falcone-Borsellino. Ou, si j'en avais conscience, je me trompais sur la nature de ce moment. Je n'en percevais pas la beauté réelle. Je ne la comprenais pas. Je devais ressentir uniquement la dimension tragique de la situation : Francesca Randazzo toute seule dans un aéroport le soir de Noël avec sa tenue sexy, son maquillage de star et sa valise à roulettes. Je n'analysais pas l'émotion mystérieuse que j'en retirais : un frisson lourd et amer, dans lequel entrait une étrange part de satisfaction. Ce qui était beau, maintenant je le sais : c'était la certitude de n'être absolument pour rien dans ce qu'il m'arrivait. Rares sont les moments dans la vie où l'on sait, sans l'ombre d'un doute, que ce qu'il nous arrive est entièrement la faute des autres ; et quand cela se produit, c'est magique : une partie de nous-même perpétuellement sollicitée se trouve soudain mise hors tension, un poids dont on ignorait l'existence nous tombe des épaules.

Sale chat. Je sais ce que tu penses. Tu penses qu'il ne faut pas exagérer. Que la situation dans laquelle je me retrouvais à l'aéroport le 24 décembre n'était peut-être pas directement, peut-être pas entièrement ma faute, mais qu'elle résultait bel et bien d'une situation que j'avais déclenchée. J'adore ce genre de raisonnement. C'est un peu comme demander à une femme qui vient déposer plainte pour viol comment elle était habillée ce soir-là, si par hasard elle ne portait pas une minijupe et un décolleté, si elle n'a pas soutenu un peu trop longtemps le regard de son futur agresseur. Tu ne comprends pas ? Je m'en fiche. Ou alors, si. Je vais t'expliquer. Et ensuite, tu auras tellement honte que tu viendras te jeter à mes pieds pour me demander pardon, mais tu perdras ton temps, parce que je n'aurai rien à te pardonner : l'imbécillité n'est pas un péché.

Prenons une bande d'enfants. Mettons-les dans une confiserie. Imaginons maintenant que parmi ces enfants, il s'en trouve un qui annonce aux autres : « Aujourd'hui, je ne veux pas de bonbons. » Ce n'est pas qu'il n'aime pas ça, ni qu'il veuille empêcher les autres d'en manger si ça leur chante, ni qu'il ait décidé de ne plus faire partie de la bande, c'est juste que là, à ce moment précis, il n'en a pas envie. Supposons maintenant que les autres enfants n'acceptent pas ce refus. Qu'ils estiment que ça leur gâche le plaisir. Pour le faire changer d'avis, ils usent alors de tous les arguments possibles et imaginables, mais rien n'y fait, l'autre n'en démord pas : il ne veut pas de bonbons. Alors, ils obligent le récalcitrant à monter sur un tabouret, ils lui passent une corde au cou, et ils lui demandent s'il ne veut toujours pas de bonbons. Terrorisé, il accepte. Ses copains prennent aussitôt une poignée de bonbons et les lui fourrent dans la bouche, et une fois qu'il a tout avalé, ils éclatent de rire et se sauvent en criant : « Tu as cru qu'on voulait vraiment te pendre ? Idiot ! C'était juste pour te faire céder ! » Furieux, le petit garçon essaie de vomir les bonbons, il n'y parvient pas, et dans ses contorsions il perd l'équilibre, le tabouret tombe, il meurt. Fin de l'histoire. Maintenant, j'aimerais que tu me dises quelle est sa part de responsabilité dans ce qui lui est arrivé.

Voilà.

Il n'y avait personne, dans le hall de l'aéroport, pour me dire que j'avais une part de responsabilité dans ce qu'il m'arrivait. C'est peut-être pour ça que personne, le lendemain matin, n'a été retrouvé dans le hall de l'aéroport défoncé à coups d'escarpins et de valise à roulettes.

XXVIII

Au milieu d'un vaste espace « cafétéria » dont le bar était fermé, j'ai posé mon gobelet sur un guéridon, je me suis assise, et j'ai réfléchi à ce que j'allais faire en attendant l'embarquement. La première idée qui me vint fut : pleurer. J'en avais assez envie. Ça correspondait plutôt bien à ce que je ressentais. En même temps, j'avais assez envie, aussi, d'envoyer valser tous les guéridons de la cafétéria, de lancer les chaises dessus, de vider mon sac par terre, de piétiner mon ordinateur, de sauter à pieds joints sur ma valise, de l'éventrer, puis de déchirer tous mes vêtements en hurlant ; ça aussi, ça correspondait à ce que je ressentais. Ou alors, je pouvais décider de prendre de haut ce que je ressentais. Je pouvais passer la nuit à travailler à ma thèse, par exemple, à prendre des notes sur l'un de mes bouquins ; de cette façon, j'aurais la sensation de me ressaisir, de passer à autre chose, de me projeter dans l'avenir, de faire avancer la recherche en littérature et d'apporter ma contribution à la pensée contemporaine, tout en attendant l'heure de mon vol. Ça faisait beaucoup. C'était peut-être un peu trop. Je sortis tout de même de ma valise *Introduction à l'analyse du texte littéraire* de Cesare Segre, l'ouvris au chapitre « Storicisation » où j'avais laissé un marque-page et dont j'avais préalablement souligné un certain nombre de passages, pris une inspiration, et commençai à en relire un :

Que ce soit l'analyse d'un simple texte ou la confrontation entre plusieurs textes, les différents procédés de décomposition (individuation de motifs et thèmes, délimitation des champs sémantiques, découverte des isotopies, etc.) sont réalisés à partir d'un métalangage qui permet de dépasser l'hétérogénéité et l'incommunicabilité naturelle des textes.

Je refermai le bouquin et pris la décision d'abandonner mes études. Sur le guéridon d'à côté traînait un magazine. Je tendis le bras : *Visto.* Actualité de la mode et des célébrités. Je décidai de le lire de la première à la dernière page, sans sauter une ligne, ainsi j'arriverais jusqu'à l'heure de l'embarquement tout en apprenant des choses. Dans un souci de méthode, je commençai par le chapeau du premier article :

La rousse flamboyante tente le bikini à Hawaii : qu'est-ce que c'est que ces petits bourrelets, Cindy ?

Je refermai le magazine et pris la décision de reprendre mes études. Mais pas tout de suite. Tout de suite, j'allais plutôt regarder un film. Ou plusieurs. Jusqu'à l'embarquement, j'avais le temps d'en voir trois. Je commencerais par un film d'action. Un film violent, avec beaucoup de cruauté, beaucoup de supplices. J'avais envie d'assister à des supplices. Je sortis mon ordinateur. D'abord, je pouvais revoir *Le Silence des agneaux*. Une histoire de psychopathe cannibale, c'était bien, ça me parlait. Impatiente, je sirotai mon café lyophilisé tout en surveillant le déroulement du processus de démarrage, puis l'apparition progressive des icônes dans la barre de menu. Antivirus. Assistant de sauvegarde. Assistant réseau. Skype. Mise à jour Adobe.

Skype.

J'avais oublié.

J'avais oublié mon rendez-vous avec Serguei à vingt heures sur Skype.

Je fermai les yeux.

La tête me tourna.

Je les rouvris.

J'avais trois solutions. Soit je me connectais et je jouais cartes sur table avec Serguei, c'est-à-dire que je lui expliquais les raisons de mon retard de manière honnête, avec tout ce qu'un tel exercice pouvait supposer de douloureux et d'humiliant ; soit je me connectais et je racontais un gros mensonge à Serguei pour justifier ce retard, ce qui demandait un niveau de créativité et surtout de force de persuasion nettement au-dessus de mes capacités du moment ; soit je choisissais la lâcheté, et je regardais *Le Silence des agneaux* en streaming.

Trente secondes plus tard, ayant choisi la lâcheté, je me retrouvai au milieu d'une forêt en Virginie. C'était l'hiver. Jodie Foster faisait du cross en jogging et sweat gris trois fois trop grands. Elle courait, gravissait une pente en tirant sur une corde, courait, escaladait un filet, faisait une roulade pour le redescendre, courait, était interceptée par un homme qui lui disait que Crawford voulait la voir dans son bureau, faisait demi-tour, courait, passait devant un arbre sur le tronc duquel étaient cloués quatre panneaux où l'on pouvait lire *Douleur – Souffrance – Peine – Régalez-vous* ; puis elle dévalait une pente, passait devant des hommes en uniforme qui s'exerçaient à la corde lisse, et entrait dans une énorme construction qui ressemblait à un hôpital, avec en hauteur une galerie vitrée qui reliait deux bâtiments. Elle la traversait, on la retrouvait dans un couloir où elle saluait un collègue en lui tapant dans la main, puis elle s'arrêtait à l'entrée d'une salle où un type en entretien s'interrompait et lui demandait si elle avait rendez-vous avec Crawford. Elle confirmait. Il lui disait d'aller l'attendre dans son bureau. Elle se rendait alors dans une petite chambre triste, avec au centre un lit médicalisé. Dans le lit, un très vieil homme regardait le plafond et marmonnait des paroles incompréhensibles en laissant un filet de bave couler de sa bouche, tandis qu'à son chevet, les bras ballants, une tablette tactile sur les genoux, un très beau professeur de l'université Paris-Sorbonne regardait vers la fenêtre avec de grosses larmes qui lui coulaient sur les joues.

Je cliquai sur Skype.

Dumollard Serguei Ivanovitch. Pastille jaune. Absent.

Il était aux toilettes. Ou alors, il s'affichait absent pour éviter les emmerdeurs.

Je cliquai sur « appel vidéo ».

Huit sonneries.

Pas de réponse.

Dans le bureau de Crawford, Jodie Foster se fit expliquer sa mission d'enquête auprès du docteur Hannibal Lecter, *alias* « Hannibal le Cannibale », enfermé dans une cellule de très haute sécurité de l'hôpital psychiatrique de Baltimore : « Ne lui dites rien de personnel. Croyez-moi, vous n'aimeriez pas qu'il s'introduise à l'intérieur de votre esprit. Contentez-vous de faire votre boulot, et n'oubliez jamais ce qu'il est. »

Une fois que je serais connectée avec Serguei, je ne lui dirais rien de personnel, je me contenterais de faire mon boulot : passer Noël avec lui sur Skype. S'il me demandait les raisons de mon retard, je lui dirais que j'avais eu un contretemps, sans lui raconter ce qu'il m'était arrivé ; je ne le laisserais pas s'introduire dans mon esprit. Car si Serguei s'introduisait dans mon esprit, que ferait-il ? D'abord, il profiterait de ma faiblesse pour me faire croire que j'avais perdu, que je m'étais complètement leurrée, que personne au monde n'échappait au phénomène de l'appartenance et qu'il était temps pour moi d'avoir l'humilité de le reconnaître ; ensuite il fanfaronnerait, il me dirait que l'appartenance ça avait de bons côtés, il me conseillerait de lui faire tout de suite au revoir avec la main, de me déconnecter, de sauter dans un taxi et d'aller retrouver mon frère ma sœur et mes parents qui me serreraient contre leur cœur en me demandant à nouveau pardon d'être allés trop loin mais c'était parce qu'ils m'aimaient tant, alors les cloches sonneraient dans le ciel, la neige tomberait sur Palerme et la soirée s'achèverait dans un esprit de réconciliation, de joie et de tendresse retrouvée qui ne serait autre que l'Esprit de Noël.

Je me demande si ce que je venais de traverser n'était pas en train de me rendre un peu conne. Car, tout en continuant de visionner *Le Silence des agneaux*, je ne me contentai pas d'imaginer de cette manière stupide les conséquences de mes aveux à Serguei : j'allai jusqu'à me persuader que si je lui racontais ce qu'il m'était arrivé, Serguei en profiterait pour installer dans mon esprit la *totalité* de sa vision de l'existence, et je me figurai qu'à l'issue de notre échange sur Skype, au lieu de continuer de tendre vers l'infini comme j'avais toujours fait, je n'aspirerais plus qu'aux petits rituels et à la sécurité, je ne rêverais plus que de sport régulier, de yoga en entreprise, de charité bien ordonnée, de thérapie de couple et d'appartement au bord de la mort, je veux dire de la mer.

En cela, j'oubliais que, comme le disait le général de Gaulle, perdre une bataille ne signifie pas qu'on a perdu la guerre.

Mais, tout en me rendant un peu conne, ce que je venais de traverser me rendait également très intelligente. En effet, si je craignais que Serguei Jean-Michovitch ne profite de ma faiblesse passagère pour *me faire croire* que j'avais perdu, c'était bien parce que je savais qu'en réalité j'avais gagné. Il avait affirmé que le sentiment d'appartenance n'était à craindre que lorsqu'il y manquait l'appareil critique, j'avais soutenu qu'il s'agissait toujours d'une fiction dangereuse ; l'expérience venait de me donner raison : il suffisait que je lui raconte à quelles extrémités le sentiment d'appartenance venait de conduire une famille pourvue d'un excellent appareil critique, que je lui dise ce dont ses membres avaient été capables, en quoi le sentiment d'appartenance les avait transformés, et Serguei Jean-Michovitch serait obligé de reconnaître non seulement qu'il avait tort, mais que je lui niquais totalement sa race, ensuite ce serait moi qui pourrais m'introduire dans son esprit et y faire exactement ce que je voudrais, et là-dessus j'avais ma petite idée.

Je cliquai sur « appel vidéo ».

Huit sonneries.

Pas de réponse.

Ça m'était égal, j'avais gagné. J'étais comme Jodie Foster marchant dans l'aéroport de Washington D.C. : éprouvée, épuisée, mais toujours là. Opérationnelle.

Dans la fenêtre « messages », je tapai : *Bonsoir Serguei !*

Pas de réponse.

Je relevai la tête.

Autour de moi s'étendait le hall immense de l'aéroport Falcone-Borsellino, avec ses grandes baies vitrées et, de l'autre côté, la nuit.

La nuit de Noël.

XXIX

On pourrait penser que la problématique de mon dernier séjour à Palerme n'a que peu à voir avec celle de ma thèse de doctorat. Cependant, l'évocation de ces quelques souvenirs personnels, bien loin de prétendre à l'objectivité et encore moins à l'exhaustivité historique, n'aspire pas seulement à attirer la sympathie d'un jeune félin à la fourrure soyeuse et au ronronnement mélodieux ; elle offre une évocation des circonstances dans lesquelles l'auteure de ces lignes s'est trouvée pour la première fois concrètement aux prises avec un problème auquel sont sans doute confrontés, dans une certaine mesure, tous ceux qui s'occupent d'analyser la porosité entre différentes époques littéraires.

En effet, la puissance dramatique de la situation dans laquelle je me suis retrouvée – et dont j'ai été successivement initiatrice, actrice, spectatrice et victime – exprime en premier lieu une violente contemporanéité, qui semble exclure d'emblée toute forme de reproduction ou d'imitation des formes anciennes de récit. En d'autres termes, je me suis trouvée tellement sidérée par l'attitude des miens que la possible inscription de cette situation dans l'Histoire ne m'est pas apparue sur le coup. Mais j'étais jeune alors ; aujourd'hui, à deux semaines de distance, il m'est tout à fait possible d'examiner cette séquence avec le recul nécessaire et de la situer dans le champ théorique qui nous intéresse.

En analysant à la fois les structures narratives et l'accueil critique de deux romans du XXe siècle portant sur l'itinéraire de femmes plongées dans le chaos de la guerre, à savoir *La Ciociara* d'Alberto Moravia et *La Storia* d'Elsa Morante, j'ai déjà examiné la manière dont, par sa puissance d'évocation, la narration contemporaine oblitère l'identification d'éléments permettant d'établir des liens de filiation avec le roman courtois et le poème chevaleresque. On voit ainsi comment l'allégorie, par exemple, au lieu de s'incarner directement dans des représentations, apparaît sous la forme plus volatile de « choses qui veulent dire autre chose », ou comment le théocentrisme a laissé place à une absence de Dieu tout aussi essentielle et déterminante.

Si je m'attarde ainsi à présenter un type d'approche déjà familier à quiconque s'intéresse un tant soit peu aux études littéraires, c'est d'abord parce que cela me permettra, lors de ma soutenance, d'en demander humblement pardon au jury, et ainsi d'augmenter, par le spectacle d'une jolie jeune femme en train de se fouetter, la capacité de concentration d'une équipe essentiellement constituée de vieux porcs ; c'est également pour tenter de restituer le cheminement non linéaire par lequel j'en suis venue à former l'hypothèse selon laquelle, le 24 décembre 2016, à Palerme, dans un appartement de la rue Serradifalco décoré de bougies rouges, de bouquets de gui et de jasmin, ce qu'il s'est passé, ce n'est pas qu'une étudiante a été violemment manipulée par sa famille, c'est qu'on a brûlé une « sorcière[1] » accusée d'hérésie. Il s'agit également de tenter de restituer le cheminement non linéaire par lequel j'en suis venue à me dire que, si je devais définir la figure professionnelle que j'aspire à incarner, ce ne serait pas celle de l'historienne des genres et courants, ni celle de la spécialiste d'un terrain d'études précis, mais plutôt celle de la « sorcière compétente ». En effet, j'ai eu l'occasion de vivre, les 23 et 24 décembre 2016 à Palerme, le retour d'une subdivision du monde en deux camps, l'orthodoxie et l'hérésie, et d'expérimenter, lors de cette fragmentation, la position de l'hérétique ; et je dois dire que j'ai trouvé cette position atroce, mais tout de même beaucoup plus agréable que celle qui consiste à ordonner la mise à mort ou à craquer l'allumette pour mettre le feu au bûcher. En outre, et pour en revenir à mes travaux à venir, cette figure de l'intellectuelle-sorcière – ou « sorcière compétente » – exprime une aspiration

1. Concernant l'usage de guillemets autour de la notion de sorcière, je renvoie ici aux travaux du médiéviste canadien Francis Gingras, et notamment à son article « Préhistoire de la sorcière d'après quelques récits français des XIIe et XIIIe siècles », 2001, *Florilegium* 18 (1), 31-50.

à faire converger deux exigences qui ne me semblent antinomiques qu'en apparence :

a) D'une part, flatter l'Université en la rassurant sur sa capacité à penser contre elle-même, un peu comme le capitalisme inclut des éléments de justice sociale ;

b) D'autre part, dire à l'Université, qui est une grande famille, que je l'emmerde et que je ne lui appartiendrai jamais.

XXX

Je vais arrêter de parler à mon chat. Pour trois raisons.

La première, c'est qu'il n'existe pas. J'ai passé l'après-midi seule dans ma chambre de bonne, à regarder la neige tomber sur Paris. Souris n'est qu'un artifice rhétorique, un pur objet narratif qui me permet de m'imaginer que je ne suis pas une pauvre conne qui s'est fait avoir par tout le monde et se retrouve toute seule dans ses neuf mètres carrés, mais une pauvre conne qui s'est fait avoir par tout le monde et se retrouve toute seule dans ses neuf mètres carrés *avec son chat.*

La deuxième raison, c'est que je n'ai plus envie de parler. Je ne veux pas dire que parler ne sert à rien, ni que les différents sujets que nous avons abordés ici sont épuisés ; je veux dire que là, tout de suite, il nous semble avoir dit tout ce que nous avions à dire au chat que nous aurions si nous en avions un.

La troisième raison, c'est qu'il est déjà presque dix-neuf heures et que rien n'est prêt, je n'ai pas décongelé le dîner, je ne me suis pas lavé les cheveux, je n'ai pas passé l'aspirateur ni fait mon lit ; or, dans une heure, mes invités seront là.

Car ce soir, je reçois.

Ça s'est fait d'une manière très simple : à la reprise des cours, hier, un individu est venu à ma rencontre dans les couloirs de la Sorbonne. Le monsieur avait l'air de me connaître et me souriait avec chaleur ; moi, j'avais beau chercher, j'étais tout à fait incapable de l'identifier. Pour autant, je n'ai pas voulu être impolie, je l'ai donc laissé parler. Il se demandait où j'allais d'un si bon pas, et aussi comment j'allais, et pourquoi je ne lui donnais plus de nouvelles : de son côté, il avait essayé de me téléphoner pas plus tard que la veille, mais mon téléphone devait avoir un problème parce que ça ne sonnait pas et on ne tombait même pas sur la messagerie.

J'ai trouvé son attitude extrêmement familière.

Je sais que les Français sont connus pour leur effronterie dans la manière d'aborder les femmes, mais là, ça allait tout de même un peu loin. D'abord, je n'avais pas à dire à cet inconnu où j'allais d'un si bon pas, d'autant que je n'en avais aucune idée, dans la mesure où j'étais lancée à la poursuite de mon cerveau qui, comme beaucoup de cerveaux italiens, fuyait, qui plus est sans savoir où. Dire comment j'allais, c'était un peu compliqué de faire une réponse à la fois simple, courte et digne, c'est-à-dire sans éclater en sanglots, mais également moderne, c'est-à-dire sans hurler comme une sorcière sur le bûcher. Je n'allais pas non plus lui dire que j'avais changé de numéro de téléphone pour ne plus voir s'afficher quinze fois par jour non seulement les noms de mon frère, de ma sœur, de ma mère et de mon père, mais également ceux de mon amie Heidi, de mes oncles Orlando et Fernando, de ma tante Monica et de ma cousine Mirella, sans compter le fameux « numéro inconnu » qui avait fini par tous les remplacer : il m'aurait demandé pourquoi je ne souhaitais pas répondre à ces personnes, et c'était, en effet, une excellente question ; quant à savoir pourquoi je ne lui donnais plus de nouvelles, encore eût-il fallu que je me rappelasse de lui, mais vraiment, rien. Aucun souvenir.

Le Français est susceptible. Offensif *et* susceptible. Il aime déverser son fiel, injurier à tout-va, il excelle dans l'art de vous balancer vos quatre vérités, mais en retour, attention : il est sensible. Blessé, ses réactions peuvent être imprévisibles. Au lieu de demander à celui-ci qui il était, ce qu'il faisait dans les couloirs de la Sorbonne et de quel droit il m'adressait la parole, j'optai donc pour une attitude prudente, diplomate et hypocrite, en un mot universitaire : je souris, j'embrassai Serguei Jean-Michovitch sur les deux joues et lui demandai s'il avait passé de joyeuses fêtes. Il comprit aussitôt – car il n'était pas seulement beau – que mon expression charmante cachait quelque chose. Je compris alors – car je n'étais pas seulement gentille – qu'il ne savait pas du tout quoi, et je lui rafraîchis la mémoire. L'ayant retrouvée, il mit une main devant sa bouche.

Il avait complètement oublié.

– Merde… Oh ! là là… je suis désolé… mais… tu l'as vraiment fait ? Tu as refusé de fêter Noël ?

Il y a des silences qui disent beaucoup.

Le mien, non. Le mien ne disait rien. Il souriait, c'est tout. Et mon regard ne disait rien non plus, il se contentait de regarder.

À cette heure, les couloirs de la Sorbonne baignaient dans une clarté hivernale fraîche et rasante, légèrement ambrée. Dans ce genre de lumière, qui ne se contente

pas de montrer mais qui réveille, allège, ravive l'éclat et délie les mouvements, il est difficile de désespérer entièrement de la nature humaine, même quand tout vous y incite. Je sais que j'aurais dû m'en tenir au silence, je sais qu'il était complètement idiot de ma part d'imaginer que la question de Serguei pût être une vraie question appelant une vraie réponse, mais ses yeux pétillaient avec tant d'innocence, sa barbe de trois jours souriait si ingénument, si maladroitement, que je ne pus résister à la tentation de plisser les yeux d'une façon attendrie et de lui dire que c'était dommage, qu'il aurait su ce que j'avais fait à Noël s'il avait été en ligne à l'heure convenue. Serguei insista. Renouvela ses excuses. Proposa de m'inviter à dîner pour se faire pardonner. Je lui expliquai que c'était adorable de sa part, mais que j'avais beaucoup de travail, car j'étais étudiante à la Sorbonne où je préparais une thèse de doctorat dans l'idée de devenir travailleuse pauvre. Il se fit espiègle. Il précisa qu'il comprenait, mais que nous avions une petite affaire à régler tous les deux, une question anthropologique, sans compter que Mathieu s'était mis à prendre des cours de cuisine pour augmenter encore leur *qualité de vie* et que – selon une étude – il faisait déjà très bien le canard à l'orange. Je le priai de bien vouloir éviter de faire appel au champ lexical de l'alimentation. Il rit, puis il prit l'air suppliant. Il était si charmant, si irréel, nimbé dans l'or de l'après-midi comme le *Saint Sébastien* du Titien, il faisait si bien semblant de tenir absolument à ce qu'on passe une soirée ensemble qu'au lieu de l'envoyer au diable, comme j'aurais dû faire, je décidai d'imiter Garibaldi en donnant à la France ce qui restait de ma personne. J'acceptai sa proposition. À deux conditions, cependant : ce serait chez moi – car j'étais l'offensée – et nous boirions de l'eau – car j'avais mes raisons ; cette dernière formule attisa la curiosité du martyr nu et lascif dissimulé sous l'apparence d'un prof en pull à col roulé : « Tu es fâchée avec l'alcool ? »

J'ai un principe dans la vie : je ne suis jamais fâchée. Jamais. Ni avec l'alcool, ni avec personne. Parce que si on est fâché, voyez-vous, on est foutu. Et moi, j'ai peut-être tort, je suis peut-être extrêmement prétentieuse, mais je ne me considère pas comme foutue. Je ne suis pas une perdante, moi. Je suis une femme qui avance, une femme qui se bat. Une femme qui, quand ses invités décrètent que les cannoli qui lui ont coûté un mois de bourse d'études sont « pas mal, mais quand même vachement sucrés », entend l'information, en prend note, décide que désormais ces personnes quand elles viendront chez elle mangeront des surgelés de chez Picard, mais n'est pas fâchée. Une femme qui, quand on lui fait la plus grande peur de sa vie pour la forcer à faire quelque chose qu'elle ne veut pas faire, reprend l'avion, change de numéro de téléphone et a le cœur brisé, mais n'est pas fâchée. Être fâchée ne sert à rien. Être fâchée ne fait pas avancer la recherche en littérature. Être fâchée ne constitue pas une alternative aux énergies fossiles. Dans le Nutella®, « être fâchée » ne peut pas remplacer l'huile de palme. On ne peut pas coucher avec « être fâchée », on ne peut même pas vomir sur « être fâchée », être fâchée n'a vraiment aucun intérêt. Bien sûr, parfois, on est quand même tentée. Comme à ce moment précis, dans les couloirs de la Sorbonne, où je ressentis soudain le désir intense de me jeter sur Serguei Jean-Michovitch, de lui lacérer le visage de mes ongles et de lui défoncer la gueule à coups de poing. J'ai hésité ; j'aurais pu le faire. J'ai failli le faire. Et puis non, finalement j'ai préféré secouer mes cheveux dans le soleil, ce qui ne servait pas à grand-chose vu que je suis brune sans le moindre reflet roux ni auburn, éclater de rire et lui annoncer : « Demain soir, vingt heures. »

XXXI

Je ne sais pas ce que je vais lui raconter. Je n'ai pas encore décidé. Pour l'instant, je me lave les cheveux avec un shampooing très doux, délicatement parfumé à la citronnelle, puis je les rincerai et je les laisserai sécher à l'air libre de façon à respecter leur ondulation naturelle. Ensuite, je passerai un peu d'huile de coco sur mes jambes déjà douces, je me maquillerai à peine, juste une touche de rouge à lèvres et un trait d'eyeliner, ainsi je n'espérerai séduire personne, pas même moi, simplement je me sentirai une femme libre, de celles qui n'ont pas à se justifier, qui se contentent d'un trait d'eyeliner et qui éclatent de rire dans les couloirs de la Sorbonne.

J'hésite à lui dire la vérité.

Dans les histoires horribles, la vérité est horrible. Dans la mienne aussi, bien sûr, mais elle est également complexe, et riche d'enseignements ; je pense notamment à la manière très intéressante, tant sur le plan littéraire que sur le plan esthétique – au sens où l'entend Foucault –, dont se sont comportés les différents acteurs de la situation. Le coup de la tumeur au cerveau, par exemple. Idée géniale. Extrêmement efficace. Je devrais le faire à Serguei, tiens, je suis sûre qu'il accepterait de recoucher avec moi, et que Mathieu nous donnerait sa bénédiction. Quel être humain n'offrirait pas une partie de jambes en l'air à une jeune et charmante Sicilienne aux cheveux naturellement bouclés juste avant son entrée dans un service de soins palliatifs ? Je vais l'annoncer aussi à ma propriétaire, tiens, je suis sûre qu'elle me fera installer un vrai bidet. Comme coupe-file au supermarché, ça doit être bien aussi. En fait, la tumeur au cerveau ouvre énormément de portes ! C'est fou ! Comment n'y ai-je pas pensé plus tôt ? Si je n'étais pas bêtement accrochée à des principes tels que le respect de la personne humaine ou celui de ma propre intégrité, et si je ne trouvais pas la vérité extrêmement classe, je n'hésiterais pas une seconde. Quant à l'aspect créatif, là, chapeau. Rares sont les artistes contemporains qui auraient l'idée d'un *happening* d'une telle puissance, qui seraient capables d'orchestrer un enchaînement d'événements aussi sophistiqué à partir d'un concept de départ d'une grande simplicité qui est le *faux créateur de vrai* : on prend sa fille ou sa sœur, on lui annonce que papa va mourir, et on regarde ce que ça fait.

Je ne suis pas fâchée. Comment le serais-je ? J'ai vécu une expérience exceptionnelle. Et, aujourd'hui, je crois pouvoir dire que, même si je suis restée la même – car dans le fond je n'ai pas changé, je suis toujours cette fille toute simple qui aime rire, faire de la recherche en littérature et du shopping avec ses amies –, ce que j'ai vécu pendant ces deux jours m'a considérablement enrichie. Et cet enrichissement, je le dois à moi, bien sûr, à ma ténacité, à mon sens de l'écoute, à mon humour, et même, quelquefois, osons le dire, à mon sale caractère, mais je le dois aussi à un certain nombre de belles personnes, que je voudrais citer. Je vais essayer de ne pas être trop longue.

D'abord, je tiens à remercier du fond du cœur Serguei Ivanovitch Jean-Michovitch Dumollard, professeur d'épistémologie de l'histoire à l'Université Paris-Sorbonne, qui est quelqu'un qui a compté énormément pour moi. Serguei ne m'a pas seulement appris à relever les défis, quel qu'en soit le prix ; il m'a également appris que le mordillement peut surpasser le titillement, que les cannoli c'est « pas mal, mais quand même vachement sucré » et que les petites habitudes ridicules gagnent beaucoup à être rebaptisées « rituels ». Et ça, c'est précieux. Merci Serguei, cette récompense elle est aussi pour toi. Je voudrais aussi remercier l'Université Paris-Sorbonne et ses couloirs qui prennent magnifiquement la lumière, l'École normale supérieure de Pise grâce à laquelle, même dans les mauvais jours, je n'oublie jamais la différence entre moi et les autres Italiens du Sud qui se sont arrêtés à la *Maturità* ; je voudrais remercier la notion d'appartenance de ne pas connaître d'échelle ni de frontières, d'être capable de provoquer le même niveau de tension entre deux amies sur la plage de Mondello qu'entre deux pays aux Nations unies ; je tiens également à remercier tous les employés du magasin Celio de la rue Lanza di Scalea à Palerme qui m'ont accueillie sans me juger, et qui m'ont donné un verre d'eau gratuit. Oh là là, je suis trop longue, pardon. Je veux quand même en profiter aussi pour faire un gros gros bisou à mon papa, qui se reconnaîtra, papa j'espère que tu vivras très vieux et que tu mourras en très bonne santé, sans rien au cerveau, entouré des gens que tu aimes ; et pour finir, promis je vais aller très vite, j'ai un message à faire passer, je voudrais dire à toute ma famille que je l'aime, que je pense à elle, et que pour elle – pardon, je suis un peu émue – je serai toujours, toujours là. Peut-être pas au prochain Noël, ni au suivant, mais certainement très bientôt. Bonne soirée à tous, merci, merci, merci !

Dans les histoires horribles, il arrive toujours un moment où c'est fini. Ça y est. L'ennemi est enfermé dans la maison en flammes, autour c'est la nuit, les voisins sont sortis de chez eux en peignoir, les secours sont là, un pompier déplie une couverture de survie et en entoure les épaules du protagoniste, un autre lui tend une boisson chaude ; travelling arrière sur la rue et ses jardins bien entretenus, le camion de pompiers, la voiture de police et sa sirène dont la lumière bleue tournoie.

Dans mon histoire, il n'y a pas de maison en flammes, pas de camion de pompiers, personne pour m'envelopper dans une couverture. Pas même de chat. Il n'y a que la vérité. La vérité mesurée, et aussi la vérité ressentie. Et bientôt, il y aura la vérité *désirée*. Il y aura un plan d'ensemble sur la protagoniste en train de regarder la neige tomber sur les toits de Paris par la fenêtre de sa chambre. Tirée de sa rêverie par la sonnerie de l'interphone, elle se dépêchera d'aller répondre, puis se retournera et s'approchera de la glace pour vérifier ses cheveux. Elle sera prise alors d'une bouffée d'émotion, fermera les yeux, inspirera profondément, les rouvrira ; et là, très doucement, elle esquissera un sourire. La caméra commencera à reculer sur une musique feutrée, jusqu'à se retrouver dehors, en suspens de l'autre côté de la fenêtre, tandis que la jeune femme ira chercher un plateau qu'elle posera sur la table et sur lequel on distinguera une bouteille de Prosecco, un bol d'olives et un bouquet de gressins dans un verre ; le travelling arrière dévoilera progressivement le haut d'un immeuble dans la nuit ; elle ira ouvrir la porte, deux hommes entreront dans la chambre éclairée, qui commencera à devenir plus petite dans le cadre ; à cette distance, on distinguera mal les visages des visiteurs ; ils embrasseront l'héroïne, qui les débarrassera de leurs manteaux et prendra les fleurs que l'un d'eux lui aura tendues. Le cadre s'élargira encore, les personnages deviendront de plus en plus petits, on s'élèvera au-dessus des toits de Paris enneigé, et bientôt on survolera la ville tout entière, sur une musique de Vivaldi, ou peut-être de Paolo Conte, avec en voix off une conclusion poétique, du genre :

« J'avais décidé de dire la vérité à Serguei Ivanovitch. J'allais lui raconter la nuit de Noël incroyable, extraordinaire, que j'avais passée à Palerme, au croisement de la rue Dante et de la place Virgile, assise par terre à côté d'un homme qui ne voulait se laisser traiter ni comme une chose, ni comme une idée. »

DANS LA MÊME COLLECTION (SUITE)

Laurent Sagalovitsch, *Vera Kaplan*, 2016.
Laurence Werner David, *À mes yeux*, 2017.
Sébastien Ménestrier, *Le Suivant*, 2017.
Frédéric Arnoux, *Cowboy light*, 2017.
Claire Gondor, *Le Cœur à l'aiguille*, 2017.
Étienne Deslaumes, *Violences ayant entraîné la mort sans intention de la donner*, 2017.
Anne Luthaud, *Calypso*, 2018.
Cyrille Martinez, *La Bibliothèque noire*, 2018.
Grégoire Damon, *Fast-food*, 2018.
Paul Béhergé, *Les Nougats*, 2018.
Ingrid Thobois, *Miss Sarajevo*, 2018.
Philippe Renonçay, *Les Portraits de Laura Bloom*, 2019.
Benoît Reiss, *Le Petit Veilleur*, 2019.
Laure Pfeffer, *Si peu la fin du monde*, 2019.
Laurent Sagalovitsch, *Le Temps des orphelins*, 2019.

DU MÊME AUTEUR

La Société de consolation, Sens & Tonka, 2000.
Danse avec Jésus, Lunatique, 2011.
Le Collège de Buchy, Lunatique, 2015.
Avril, Buchet-Chastel, « Qui Vive », 2016.

COMPOSITION ET MISE EN PAGES
NORD COMPO À VILLENEUVE-D'ASCQ

ACHEVÉ D'IMPRIMER
PAR L'IMPRIMERIE FLOCH
À MAYENNE EN SEPTEMBRE 2019

N° d'impression : 94900
Dépôt légal : octobre 2019
Imprimé en France